Nora Noé

Mannheimer Weihnachtsgeschichten

Titelbild
ullstein bild-Wolfgang Fritz

Danksagung
Mein Dank geht an nachfolgende Personen, die mir ihre Weihnachtserinnerungen anvertraut haben: Beate und Gisela Brune, Karin Fohr, Heidi Geiberger, Werner Goldstein, Margit Gunn, Dr. Sylvia Heerens, Dr. Ralph-Christian Schäfer, Christina Schimmer-Fellendorf, Marion Schöbel, Kira Schmitz, Susanne Zwingenberger. Ich möchte mich darüber hinaus bei meiner Lektorin Dr. Helga Zöttlein für die gute und kompetente Betreuung sowie bei Dr. Michael Jendrek vom Marchivum und Thomas Lindemann vom Info-Verlag in Karlsruhe bedanken.

1. Auflage 2024

Satz und Layout: Christiane Zay, Passau
Druck und buchbinderische Verarbeitung: Beltz Grafische Betriebe GmbH; Bad Langensalza

34281 Gudensberg-Gleichen, Im Wiesental 1
Telefon: 0 56 03 - 9 30 50
www.wartberg-verlag.de
ISBN 9078-3-8313-3317-2

Inhalt

„Dess Johr gewwe mer uns nix ...“

... sicher kennen Sie diesen Satz. In den letzten Jahren hört man ihn vermehrt. Betrachtet man die Leute insbesondere an den letzten vier Samstagen vor Weihnachten, wie sie durch die Planken, die Breite Straße, durch die Galeria Kaufhof, das Einkaufszentrum in Q6/Q7 oder eines der anderen Geschäfte hasten, kann man diese Entscheidung sogar nachvollziehen.

„Dess Johr gewwe mer uns nix.“ Irgendwie klingt das frustriert. Als ob Schenken eine Mühsal wäre, eine überflüssige, überkommene Tradition. Ist Schenken eigentlich nicht viel mehr? Ist ein Weihnachtsgeschenk nicht ein Zeichen der Liebe? Ein Zeichen, dass man am Leben des anderen das Jahr über teilgenommen, ihn wahrgenommen, sich über ihn Gedanken gemacht hat, um ihm etwas Passendes zu schenken?

Vielleicht sollten wir darüber nachdenken, ob die Ankündigung „Dess Johr gewwe mer uns nix“ wirklich eine gute Idee ist. Lassen wir uns damit nicht das wunderschönste aller Geschenke entgehen, nämlich das frohe Lächeln, das uns die Beschenkten schenken? Wollen wir darauf wirklich verzichten?

Noch ein kleiner Tipp für unentschlossene „Schenker“ beziehungsweise „Nicht-Schenker“: Wie wär’s denn mit einem „Zeitgeschenk“ für einen geliebten Menschen? Das hat einen hohen Wert und ist trotzdem nicht teuer. Vor allem aber kommt es ganz bestimmt gut an.

Nora Noé

Woinachdsgudsel

Mannemer Dreck

Sucht man im Internet nach einem typischen Mannheimer Weihnachtsgebäck, taucht auf nicht wenigen Seiten der „Mannemer Dreck“ auf. Das ist nachvollziehbar, denn er ist schließlich ein lebkuchenähnliches Gebäck, und Lebkuchen gibt es hauptsächlich in der Advents- und Weihnachtszeit. Dann verwandelt sich das Eiscafé auf den Planken zu einer Geschäftsstelle für den Vertrieb von Nürnberger Lebkuchen. Wer nicht so lange warten will, geht am besten zum Discounter. Dort werden Lebkuchen bereits ab September angeboten.

Es gibt jede Menge Rezeptvorschläge für die Zubereitung von „Mannemer Dreck“. In Back-Foren wird ausführlich diskutiert, welches das richtige Rezept sein könnte. Das geht so weit, dass eine Kommentatorin sich dazu hinreißen ließ, die unschöne Gestalt ihrer Lebkuchen damit zu begründen, dass die Hinterlassenschaften von Hunden schließlich auch keine akkurate Form hätten. Den „Mannemer Dreck“ mit einem Hundehaufen zu vergleichen, wird fast jeden Mannheimer schmerzen. Wobei der Vergleich genau genommen, nicht so ganz daneben ist. Schauen wir mal, was es mit dem „Mannemer Dreck“ tatsächlich auf sich hat. Zunächst: Er ist kein klassisches Weihnachtsgebäck, wird aber gerne zu Festen und besonders zu Weihnachten verschenkt. Er ist zweifellos ein Traditionsgebäck und geht auf das

Jahr 1822 zurück. Damals wurde eine Polizeivorschrift erlassen, die es verbot, jegliche Art von Abfall auf der Straße zu entsorgen. Ein Konditor namens Friedrich Brechter machte sich daraus einen Spaß. Er kreierte ein rundes Gebäckstück, das in seiner Gestalt und Farbe durchaus einem Haufen ähnelte. Doch damit nicht genug. Er stellte es vor lauter Schalk und Übermut in seinem Schaufenster aus. Dies war die Geburtsstunde des „Mannemer Dreck". Dessen Rezept in seiner Urform ging schon früh in den Besitz der traditionellen Konditorei Herrdegen in E2, 8 über. Man kann ihn übrigens vielerorts erwerben. Nicht immer ist es das Originalrezept. Der echte „Mannemer Dreck" muss ein Zertifikat auf der Verpackung haben.

Da es kein typisches Mannheimer Weihnachtsgebäck gibt, werden bei uns in der Vorweihnachtszeit die gleichen beliebten Plätzchen in den Backofen geschoben, wie andernorts. Wobei da ein wichtiger, unbedingt zu erwähnender Unterschied wäre: In Mannem heißen die Plätzchen „Woinachdsgudsel".

Weihnachtsbäckerei

In der ersten Hälfte des letzten Jahrhunderts waren die beliebtesten Woinachdsgudsel Spritzgebackenes und Buttergebackenes, das jedoch meist aus Margarine bestand, Hildabrötchen und Anisplätzchen, vielleicht noch Spekulatius. Für sie benötigte man nur wenige, einfache Zutaten. Später, als es den Menschen besser ging, kamen Vanillekipferl, Haselnuss- und Kokosmakronen, Zimtsterne, Florentiner und vieles mehr dazu.

Besonders die Mädchen erinnern sich an die Weihnachtsbäckerei ihrer Kindheit. Sie haben ihre Mütter bildlich vor Augen, wie sie in ihren Kittelschürzen mit den Wellhölzern in der Hand am

Küchentisch standen und den Teig dünn auswellten. Manchmal liefen dazu im Süddeutschen Rundfunk oder Südwestfunk Weihnachtslieder. Wenn das nicht der Fall war, wurde selbst gesungen. „Meine Schwester Roswitha und ich durften die Metallförmchen in den Teig drücken: Sterne, Herzen, Halbmonde, Tannenbäume, Engel, Vögelchen, Rehe, Glocken und vieles mehr", erinnert sich Bärbel, „das bereitete uns viel Spaß. Es war aber nicht einfach. Die Förmchen mussten ganz eng nebeneinander gesetzt werden. Nach dem Ausstechen wurde der restliche Teig erneut zu einer Kugel geformt und wieder ausgewellt. Danach waren wir wieder dran mit dem Ausstechen. Dieser Prozess wurde so lange wiederholt, bis nur ein kleines Klümpchen übrig war. Meine Mutter hat daraus für meine Puppenküche kleine Brotlaibe geformt."

„Manchmal mischte sie Kakao in den Teig, sodass es dunkle Gudsel gab", berichtet Regine. „Unsere Mütter setzten die Gudsel vorsichtig aufs Backblech. Dann traten wir wieder in Aktion. Wir durften sie verzieren. Wir strichen Zuckerguss darauf, die dunklen bestreuten wir mit kleinen, bunten Zuckerkügelchen und die hellen mit Schokoladenstreuseln. Wir waren ganz stolz, dass wir mithelfen durften. Natürlich liebten wir es, wenn wir die Teigschüssel auskratzen durften, und schleckten unsere süßen Finger ab.

Meistens dauerte es einige Stunden, bis die verschiedenen Plätzchen fertig waren. Sie wurden vorsichtig in großen Blechdosen aufeinandergeschichtet. Darin blieben sie am längsten frisch. Manchmal ging das ein oder andere Gudsel zu Bruch. Darüber waren wir nicht traurig, denn wir durften die Verunglückten aufessen und mussten nicht bis Weihnachten warten."

Naschkatzen

„Mein Großvater war einer von denen, die nicht abwarten konnten. Er ging heimlich an die Dosen, die oben auf dem Küchenschrank standen. Da er groß war, konnte er leicht hinauf greifen. Wenn meine Großmutter die Woinachdsgudsel an Heiligabend herunterholte, war die Dose meist nur noch halbvoll", erzählt Bärbel lachend.

„Nur einmal kamen ihm meine Mutter und meine Tante zuvor. Die beiden müssen damals so zehn oder elf Jahre alt gewesen sein. Die Schwestern hatten der Versuchung nicht widerstehen können. Meine Tante stieg in einem unbeobachteten Moment auf einen Stuhl, krabbelte auf den unteren Schrank und versuchte die Dose vom oberen Küchenschrankaufsatz herunterzuholen. Gerade als sie meiner Mutter die Woinachdsgudsel reichen wollte, verlor sie das Gleichgewicht. Sie versuchte sich am Schrankaufsatz festzuhalten. Der gab nach. Sie stürzte mit ihm zu Boden. Es tat einen gewaltigen Schlag, der bis hinüber in die Schwetzinger Straße zu hören war. Gott sei Dank war den beiden Mädchen bei dieser Aktion nichts Schlimmes passiert. Sie waren mit dem Schrecken davongekommen. Aber die gläsernen Schranktüren waren zu Bruch gegangen und das im Schrank befindliche Geschirr lag in Hunderten von kleinen Scherben, vermischt mit den Woinachdsgudseln, auf dem Küchenboden. Mein Großvater hatte den beiden wutentbrannt eine saftige Abreibung angedroht, zu der es nie gekommen war. Meine Großmutter hatte derweil vermutet, dass seine heftige Reaktion weniger dem materiellen Schaden als den dadurch entgangenen weihnachtlichen Gaumenfreuden geschuldet war."

Anisplätzchen

Die Weihnachtsbäckerei ist eine Philosophie für sich. Das fängt damit an, dass sich die Geister darüber scheiden, wie lange man Anisplätzchen ruhen lassen muss, damit sie Füßchen bekommen. Manche schlagen vor, man dürfe sie maximal bei 160 Grad backen, andere warnen „bloß nicht bei Umluft", die einen wollen sie im Kühlschrank lagern, wieder andere meinen, sie dürften nicht den geringsten Luftzug abbekommen. „Ich vergesse nie den bekümmerten Blick unserer Mutter, wenn sie die Anisplätzchen aus dem Backofen holte und traurig feststellte: ‚Sie haben wieder keine Füßchen bekommen'", meint Roswitha und ergänzt lachend, „ich selbst backe gar keine Anisplätzchen mehr. Das Drama möchte ich mir ersparen."

Christstollen

Auch ein gelungener Christstollen muss gelernt sein. Er muss durch sein, darf aber nicht zu trocken sein. Was tun, damit er nicht hart wird? Wie viel Butter muss darin sein? Darf man das Marzipan durch Persipan ersetzen? Das sind nur einige der Fragen, die sich stellen. Der Christstollen gehört in ganz Deutschland zu Weihnachten wie der Panettone zu Italien. Möglicherweise geht der Stollen auf die alten Germanen aus vorchristlicher Zeit zurück, (auf „stulo" - Säule oder „stollo" - Stütze) und wurde den Göttern geweiht. Dann wäre er ein Kultgebäck. Vielleicht soll der mit weißem Puderzucker bestäubte Christstollen das in weiße Windeln gehüllte Jesuskind darstellen. Fest steht, dass der erste urkundlich verbriefte Stollen 1330 in Naumburg an der Saale auftaucht. Rund hundert Jahre später findet er am sächsischen Hof in Dresden Erwähnung. Von dort tritt er seinen Siegeszug durch das ganze Land an.

Josef Grimminger ging nach seiner Bäckerlehre 1904 auf die Walz. Er eignete sich viel Handwerkliches in Paris und in Berlin an und brachte aus Dresden die Rezeptur des Christstollens mit. Der ist bis heute eine echte Spezialität dieses seit vier Generationen bestehenden Mannheimer Familienbetriebs.

Kulinarische Weihnachtsbräuche

Nach dem Zweiten Weltkrieg kamen viele Flüchtlinge aus den ehemaligen Ostgebieten zu uns. So auch Marions Eltern, die aus Niederschlesien flüchteten und über Umwege in Mannheim landeten. Man wies ihnen eine Wohnung in den neu gebauten Blocks auf der Schönau zu. Alles, was sie mitbrachten, waren zwei Strohsäcke und ein Militärspind. Darüber hinaus trugen sie etwas Unbezahlbares bei sich: die Traditionen aus ihrer Heimat. Dazu gehörte es, an Weihnachten eine Mohnbabe - einen Striezel mit Mohnfüllung - und einen Honigkuchen zu backen. Marion sieht noch heute ihren Vater vor sich, wie er den flüssigen Honigkuchen über der Feuerstelle rührt. Um sich vor der Hitze zu schützen, hat er ein Handtuch um seine Arme gewickelt. Marion erinnert sich, dass sie als Kind an jedem 23. Dezember mit ihrer Mutter morgens um 8 Uhr beim Kaufhaus Anker in P1 in der Schlange stand, wo sich in der Lebensmittelabteilung die einzige Mohnmühle befand. Der Mohn, den ihre Mutter für die Mohnbabe brauchte, musste frisch gemahlen sein. „Es war mühsam, aber wir nahmen das gerne auf uns. Meine Eltern hatten fast alles im Krieg verloren, nur ihre Bräuche, die hatte man ihnen nicht nehmen können“, stellt Marion nachdenklich fest, „die würden weiterleben, insbesondere an Weihnachten.“

Weihnachtsflohmarkt

Spätestens in der Vorweihnachtszeit erwacht bei vielen die Bastelleidenschaft. Ob in Kirchengemeinden oder Schulen, vielerorts werden Weihnachtsbazare angeboten. Dort gibt es selbst gebackene Plätzchen, beschwipste und nüchterne Marmeladen, Christbaumschmuck aus Fimo, Stroh oder Glas, Weihnachtskarten zum Aufklappen in 3D- oder in Pop-up-Technik, sowie gestrickte Socken und Gehäkeltes, von Topflappen, über Warmhalte-Mützchen für wachsweiche Eier bis hin zu Klopapierrollen-Hütchen.

Bevor der Mannheimer Krempelmarkt in den 80er-Jahren auf den Neuen Messplatz verlegt wurde, befand er sich auf dem Goetheplatz rund um das Nationaltheater.

„In unserer Studentenzeit herrschte im Geldbeutel permanent Ebbe", berichtet Ingrid, „um unsere klammen Finanzen aufzubessern, machten wir in den 70er-Jahren, wann immer es möglich war, einen Flohmarktstand. Wir waren eine kleine Clique und freuten uns jedes Mal darauf. Außer Thomas, der Freund von Charlotte, der war nicht begeistert davon. Da er ein paar Jahre älter war, hatte er bereits einen festen Job und verdiente recht gut.

Er dachte mit Grausen daran, am Samstagmorgen mitten in der Nacht aufstehen zu müssen, um Kisten, Säcke, Tapeziertische und Wäscheständer in sein Auto zu laden. Die anschließende Parkplatzsuche in Theaternähe würde die nächste Hürde darstellen, denn je weiter entfernt man sein Auto parkte, desto schlimmer war die Schlepperei von dem ganzen Zeug zu ihrem Bestimmungsort. Der pure Albtraum! Als der Tag des Grauens nahte, versuchte Thomas Charlotte von ihrem Vorhaben abzuhalten. Er bot an, ihr freiwillig 100 Mark zu geben. Mehr würde sie mit ihren Verkäufen sowieso nicht erzielen. Aber er biss auf Granit, denn er vergaß den hohen Spaßfaktor, auf den seine Freundin keinesfalls verzichten wollte."

Der letzte Flohmarkt im Jahr war stets Anfang Dezember. Der Weihnachtsflohmarkt war neben dem vor Ostern der wichtigste des Jahres. Da konnte man richtig gut verdienen. Charlotte, Ingrid und Diana hatten wochenlang bei ihren Eltern und Verwandten alles, was nicht niet- und nagelfest war, gesammelt, um es auf dem Flohmarkt zu Geld zu machen. Ingrid war es gelungen, ihrem Onkel zwei 6er-Sets mit kleinen Schnapsgläschen abzuschwatzen. Die Kunststudentinnen Charlotte und Diana hatten in jeder freien Minute kleine Bildchen mit allen möglichen Motiven gemalt, von dekorativer Bauernmalerei bis hin zu avantgardistischer Pop-Art à la Andy Warhol. Mit ein bisschen Glück würden ihre Kunstwerke Liebhaber finden. Ihrem Erfolg als Flohmarktstand-Unternehmerinnen stand somit nichts im Wege. Wenn da nicht die eisige Kälte gewesen wäre, die an diesem Tag herrschte.

„Wir mummelten uns ein wie die Eskimos", berichtet Diana, „wir zogen dicke Strumpfhosen und Socken übereinander und steckten Lammfellsohlen in unsere Stiefel. Besonders unten herum mussten wir uns warm anziehen, denn wir würden stundenlang in der Kälte stehen. Thermohosen, Angora-Unterhemden, mehrere Pullis, Kaninchen-Jacken, plüschene Ohrenschützer, dicke Schals und warme Handschuhe würden uns eine Zeit lang vor den eisigen Temperaturen schützen."

„Um 5 Uhr trafen wir uns mit unseren Freunden Hannes und Heidi auf dem Flohmarkt", erzählt Charlotte, „sie hatten wie immer ihren zotteligen schwarzen Hund dabei. Moggel war ein wahrer Wonneproppen, lieb und zutraulich. Er zog stets die Aufmerksamkeit auf sich. Viele blieben nur wegen ihm an unserem Stand stehen. Es war um diese Uhrzeit noch stockdunkel. Vor halb neun würde es nicht hell werden. Die ersten Kaufinteressenten waren bereits mit Taschenlampen unterwegs. Das waren die Profis. Sie suchten nach Raritäten und hofften, einem Unwissenden für wenig Geld eine Antiquität abluchsen zu können. Für sie waren die Sachen auf unserem Tapeziertisch eher uninteressant."

„Trotz unserer Zwiebelschalentaktik spürten wir, wie die Kälte mit der Zeit durch unsere Kleidung kroch. Wir begannen zu frösteln, obwohl es langsam hell wurde und die ersten Sonnenstrahlen herauskamen", erzählt Diana weiter. „Mensch, ist das eine Kälte!" Heidi tänzelte von einem Fuß auf den anderen. Hannes zwinkerte ihr zu. „Ich hab was zum Aufwärmen dabei." Er zog eine große Flasche Kirschwasser aus seinem Rucksack. „Es ist zwar früh am Morgen, aber Hauptsache, er wird uns ein bisschen aufwärmen." – „Was für ein Glück, dass niemand meine Schnapsgläschen gekauft hat."

Ingrid streckte Hannes ihr Glas entgegen. Kurz darauf prosteten sie alle einander zu – und das nicht nur einmal. Plötzlich kam ein Paar an ihren Stand: „Wir hätten gerne zwei Glas Schnaps. Was kosten die?" Für einen Moment stutzten sie, schauten einander fragend an. Schnell nutzen sie die Gunst der Stunde. „Ein Glas kostet nur zwei Mark", antwortete Ingrid schlagfertig. Kurz darauf verkauften sie die nächsten Schnäpse. Sie staunten nicht schlecht über die unerwartete Einnahmequelle. Das war schnell verdientes Geld! Hannes schaute auf die Flasche, die schon recht leer war. Er nahm ein paar Mark aus dem gemeinsamen Geldbeutel und meinte zu Heidi: „Lauf schnell rüber in den Supermarkt und kauf 2 bis 3 Flaschen!"

In den nächsten Stunden fanden – Gott sei Dank unbemerkt von den Organisatoren – ihre gesamten Schnapsvorräte reißenden Absatz. Sie nahmen mehr Geld ein als je zuvor. Allerdings tranken sie selbst immer wieder das ein oder andere Gläschen. Dies tat ihrer Gemütslage keinen Abbruch. Im Gegenteil, mit jedem Schluck wurde ihnen wärmer, und sie gerieten in Hochstimmung. Hannes entwickelte sich zum Starverkäufer. Es gelang ihm tatsächlich, „einen Schuh für Einbeinige“ zu verkaufen. Auch der alte Plastikgeldbeutel, den er als „Luxus-Brieftasche aus ostsibirischem Wanderkroko“ anpries, fand einen Abnehmer. Als ihm allerdings jemand tausend Mark für seinen Hund anbot, winkte er ab. „Mein Moggel ist unverkäuflich.“ Bei seinem Hund hörte der Spaß auf. Trotzdem war sein Humor ansteckend.

Ermutigt durch Hannes schaffte es Charlotte mit ein paar flotten Sprüchen, ihre Bilder als Frühwerke von Andy Warhol zu veräußern. Am Schluss wurde Ingrid sogar ihre Gläschen los. Das war ihr recht, denn die Schnapsflaschen waren mittlerweile sowieso leer. Dafür war ihr Geldbeutel voll. Dank der Gläschen und der klirrenden Kälte hatten sie das Flohmarktgeschäft ihres Lebens gemacht und einen anständigen Batzen Weihnachtsgeld verdient.

Weihnachten 1969 – Gedanken einer 16-Jährigen

Es muss so Anfang Dezember gewesen sein. Ich schaute am Abend mit meinen Eltern die Tagesschau. Politik und Weltgeschehen interessierten mich. Ich war eine glühende Verehrerin des kurz zuvor gewählten Bundeskanzlers Willy Brandt, von Mahatma Ghandi, Nelson Mandela und Che Guevara, insbesondere nachdem dieser in Bolivien ermordet worden war.

Ich war zu jung, um aktiv bei der 68er-Bewegung mitzumachen. Was draußen in der Welt passierte, berührte mich jedoch sehr. Hungernde in Biafra, die Situation der Palästinenser, die Apartheid in Südafrika und dieser unselige Krieg in Vietnam. Vielleicht hatte unser damaliger Geschichtslehrer im Elisabeth-Gymnasium an meiner Gefühlslage einen nicht unerheblichen Anteil. Er konfrontierte uns mit Texten von Samuel Beckett, Albert Camus und Jean-Paul Sartre. Das war für unsere Jungmädchenseelen harter Tobak. Wir waren in einem Alter, in dem wir uns orientieren und ein Selbstverständnis für unser Tun und Sein entwickeln mussten. Die Auseinandersetzung mit dem Existenzialismus und Nihilismus machte das nicht unbedingt leichter.

Die Nachrichten an besagtem Abend waren niederschmetternd. Der amerikanische Journalist Seymour Hersh hatte nach monatelangen Recherchen in einem Ende November in der „New York Times“ erschienenen Artikel ein Massaker in dem südvietnamesischen Dorf My Lai aufgedeckt. „Ich weiß noch“, erinnert sich

Gabriele, „als sie berichteten, dass 500 Zivilisten, zwei Drittel davon waren kleine Kinder und Frauen, in ein ausgetrocknetes Flussbett getrieben und unter Maschinengewehrsalven grausam gestorben waren, hielt ich es nicht mehr aus. Weinend lief ich in mein Zimmer. Ich war verzweifelt und fühlte mich hilflos. Was war das nur für eine Welt? Als ich mich etwas beruhigt hatte, holte ich meine Brother-de-Luxe-Schreibmaschine heraus. Ich schrieb mir all das von der Seele, was mich im tiefsten Herzen bewegte."

In drei Tagen ist Weihnachten! Die Luft ist erfüllt von Tannenduft und von überallher erklingt „Stille Nacht, Heilige Nacht". Es wird wieder eine stille, heilige Nacht werden. Die ganze Familie wird unter dem Christbaum sitzen, die Augen der Kinder werden leuchten und die Kerzen werden in der Dunkelheit erstrahlen. Eine friedliche Zeit der Besinnung. In den Kirchen wird man Worte hören wie: „Erlösung, Retter, Gnade und Frieden auf Erden". Die Menschen werden ein paar Pfennige mehr als sonst in den Klingelbeutel werfen, um mit ruhigem Gewissen und gerührt von der Predigt des Pfarrers heimzugehen, wo bereits wie jedes Jahr der Weihnachtsbraten wartet. Und so wird der Heilige Abend in vielen Tausenden, ja Millionen Familien verbracht.

Aber dann wird es die „Anderen" geben. Sie werden Weihnachten anders erleben als wir. Gejagt und unstet umherirrend, obdachlos durch die Wirren des Krieges. Für sie wird diese Nacht nicht still und heilig sein. Sie werden vergeblich nach Gnade, Erlösung oder Frieden suchen. All diese Menschen in Vietnam, Palästina, Biafra oder sonst irgendwo auf der Welt. Für sie wird es keinen Unterschied zwischen dem gesegneten Weihnachten und dem trüben und dunklen Karfreitag geben. Für sie gibt es keine Hoffnung. Denn auf wen sollten sie schon hoffen? Auf Gott? Oder etwa auf uns, die wir gerade unterm Weihnachtsbaum „Stille Nacht, heilige Nacht" singen? Wenn sie auf uns hoffen, werden sie vergeblich hoffen!

Es wird eine stille Nacht werden für die, die irgendwo unter einer Salve von Gewehrkugeln zusammenbrechen und endlich ihre Erlösung finden: den Tod! Und wir? Wir werden Weihnachten feiern, von Erlösung, Gnade und Frieden sprechen und dabei überhaupt nichts von alledem verstehen.

Wer hat Angst vorm Weihnachtsmann?

In den 50er- und 60er-Jahren war es üblich, die lieben Kleinen ab Mitte November in den Kindergärten mit passenden Liedern und Gedichten auf die bevorstehende Advents- und Weihnachtszeit einzustimmen. Auch im Kindergarten in der Jungbuschstraße hielten die Tanten das für ihre erzieherische Pflicht. Liselotte erinnert sich noch gut daran, wie man ihr und den anderen Kindern das nachfolgende Nikolausgedicht beibrachte.

Abends, wenn es dunkel wird in der Weihnachtswoche,
kommt der liebe Nikolaus, horcht am Schlüsselloche.
Sind die Kinder fromm und rein,
will er sie beschenken,
schreibt es in sein Buch hinein,
dass er dran mag denken.
Sind sie aber faul und frech,
dumm und ungewaschen,
schickt er den Knecht Ruperecht,
der hat in den Taschen
Apfelkerne, Staub und Sand,
Nüsse, die nichts taugen,
davon wirft er eine Hand
mitten in die Augen.
Fangen sie dann an zu schrein
und das Auge bluuuutet,
gibt er ihnen hinten drauf
noch was mit der Rute.

Es war ein heimtückisches Gedicht, begann es doch mit freundlichen Worten, denen die Kinder mit strahlenden Augen erwartungsvoll lauschten. Aber das sollte sich nach wenigen Zeilen ändern. Während den Drei- bis Fünfjährigen das Lachen verging, verfielen die „Tanten" in der zweiten Hälfte des Gedichts in einen regelrechten Enthusiasmus und entwickelten erstaunliche schauspielerische Fähigkeiten. Ihre Augen funkelten und in einer kaum zu überbietenden Dramatik betonten sie jedes einzelne dieser schrecklichen Wörter. Sie zogen das „u" von „blutet" so lange, dass man das tropfende, triefende Auge bildlich vor sich sah. Leider begnügten sich die „Tanten" nicht damit, es bei einem einmaligen Ausflug in die Welt der anspruchsvollen vorweihnachtlichen Lyrik zu belassen, nein, sie glaubten, ihre Schutzbefohlenen jeden Tag von Neuem mit diesem Gedicht erfreuen zu müssen. Schließlich war es pädagogisch wertvoll, so wie Grimms Märchen, Wilhelm Buschs „Max und Moritz" oder „Der Struwwelpeter". Die Kleinen sollten fürs Leben lernen, denn wie heißt es so schön: „Was Hänschen nicht lernt, das lernt Hans nimmermehr." Außerdem sollten die Kindergartenkinder es bei der bevorstehenden Nikolausfeier auswendig vortragen können. Davor sollten sie gemeinsam singen „Es ist ein Ros' entsprungen, aus einer Wurzel zart, wie uns die Alten sungen, von Jesse kam die Art".

Liselotte hatte Probleme, sich die Wörter zu merken. Was war schon so besonders an dem Pferd, das da über eine Wurzel stolperte. Und das Wort „sungen", das konnte sie sich gleich gar nicht merken. Dass Mama ihr das aber auch falsch beigebracht hatte! Ihre Mutter hatte sie stets verbessert und gesagt, das heiße „singen" oder „,sangen". Aber die Tanten wussten das bestimmt besser, denn das war ihr Beruf, und Mama war schließlich bloß Mama. Am meisten wunderte sich die Kleine darüber, dass sie ein Weihnachtslied singen sollte, in dem geflucht wurde. Wenn Opa manchmal beim Lesen des „Mannheimer Morgens“ den Kopf geschüttelt und gemeint hatte: „Jesses nää, des haldschd jo im Kopp net aus“, hatte Oma gemeint: „Carlo, hör auf vor der Kleinen zu fluchen!“

Aber Liselotte wollte ein artiges Kind sein. Sie lernte und übte alles, was man ihr aufgetragen hatte. Das Lied vom Pferd war zwar unsinnig, aber viel leichter zu lernen als das Gedicht. Das hatte es in sich. Wenn die Zeile „Sind sie aber faul und frech“ begann, verhaspelte sie sich, wahrscheinlich durch die Aufregung angesichts der Grausamkeiten, die nun folgen würden.

„Mama, macht das der Knecht Ruprecht wirklich mit den Kindern?“ Liselotte legte die Stirn in Falten. Ehe die Mutter antworten konnte, fragte sie weiter: „Woher weiß der Nikolaus, ob ein Kind brav war?“ Ihre Mutter erklärte ihr, dass der Nikolaus ein goldenes und ein schwarzes Buch habe. In das goldene schreibe er all das hinein, was ein Kind Gutes getan habe. In das schwarze trage er die Schandtaten ein. Je nachdem, in welchem Buch mehr drinstünde, würde der liebe Nikolaus selbst zu dem Kind kommen und es beschenken oder aber seinen Bediensteten, den Knecht Ruprecht mit der Rute schicken. Mit diesen Ausführungen hatte die Mutter nichts anderes an ihre Tochter weitergegeben als das, was man ihr und davor ihrer Mutter und der Urgroßmutter erzählt hatte.

Bräuche können grundsätzlich etwas Wunderbares sein. Die Betonung liegt auf „können“. Nachdem Liselotte den ersten Nikolaustag, den sie als Vierjährige über sich hatte ergehen lassen müssen, mehr oder weniger unbeschadet überstanden hatte – Knecht Ruprecht hatte sie Gott sei Dank weder im Kindergarten noch zu Hause in der Dalbergstraße heimgesucht – hatte sie die Hoffnung, dass es damit nun ein Ende haben würde. Aber Bräuche müssen bekanntlich gepflegt werden, sonst wären sie keine. Und so wie „Alle Jahre wieder das Christuskind auf die Erde kommt“, kam auch wieder der Nikolaustag.

Als draußen die letzten Blätter von den Bäumen fielen, die ersten Schneeflocken am Himmel tänzelten und Mama anfing, rund um die Uhr Weihnachtsgudsel zu backen, stiegen böse Vorahnungen in Liselotte auf. Als schließlich am Adventskranz die erste Kerze angesteckt wurde, wusste sie, dass der Abend des Grauens bevorstand. Der Abend, schlimmer als die Walpurgisnacht und Halloween zusammen, wobei man von letzterem Fest im Deutschland der 50er-Jahre nichts wusste.

Liselotte hätte sonst was darum gegeben, wenn der Dezember gestrichen worden wäre und der November übergangslos in den Januar gemündet wäre. Doch dieser fromme Wunsch blieb ihr verwehrt. Und so näherte sich gnadenlos der Tag der Abrechnung. „Letztes Jahr habe ich die beiden nur im Hausflur poltern gehört. Der Nikolaus und der Knecht Ruprecht sind nicht einmal hereingekommen. Sie haben mir nur einen Schokoladen-Nikolaus vor die Tür gestellt“, versuchte sie sich zu beruhigen. Aber das war gar nicht so einfach. Mittlerweile stand ihr 6. Geburtstag bevor und Fragen, an die sie im letzten Jahr nicht gedacht hatte, beherrschten plötzlich ihre Gedanken: „Was war, wenn der Nikolaus – er war schließlich nicht mehr der Jüngste – die Bücher verwechselte und seine Buchhaltung am Schluss nicht stimmte?! Bei so vielen Buben und Mädchen konnte das leicht passieren. Oder wenn dieser Knecht Ruprecht, von dem sie kürzlich ein Bild gesehen hatte – er war ein finsterer, wilder Geselle – der darüber hinaus nicht der Hellste zu sein schien, gar Spaß daran hatte, Kinder zu verprügeln?“

Als es am Nachmittag des 6. Dezembers zu dämmern begann, wuchs mit zunehmender Dunkelheit ihre Angst. Gegen 5 Uhr klingelte es an der Tür. Mittlerweile war es draußen stockdunkel. Als ihre Mutter zur Küchentür hinausging, schlüpfte sie schnell hinter den Vorhang unter dem Wasserstein und linste vorsichtig dahinter hervor. Sie hörte die schweren Schritte auf dem Gang, die näher und näher kamen. Ihr Herz pochte wie wild. Jetzt würde die Tür aufgehen. Sie sah die zwei großen Füße, die hereinkamen. Liselotte schloss die Augen und hielt die Luft an. Sie hielt die Hand vor die Augen, spreizte Zeige- und Mittelfinger und blickte durch den kleinen Spalt hindurch. Diese Schuhe mit den Schnürsenkeln kannte sie. Erleichtert sprang sie aus ihrem Versteck direkt in die Arme ihres Großvaters. Der betrachtete seine kleine Enkelin. „Wo kommst du denn her?", fragte er sie erstaunt.

„Ich habe mich da unterm Wasserstein versteckt, Opa. Ich hab gedacht, es ist der Nikolaus."

„Vor dem brauchst du keine Angst zu haben", tröstete sie der Großvater, indem er ihr übers Haar strich.

„Hab ich aber, ich weiß nicht, ob er diesen bösen Knecht Ruprecht mitbringt. Mama sagt, wenn man nicht brav ist, schreibt er das ins schwarze Buch. Vielleicht steht da was drin über mich", erklärte ihm Liselotte mit bekümmerter Stimme.

Während sich der große stattliche Mann an den Küchentisch setzte, meinte er leise zu Liselottes Mutter. „Sag mal, muss das sein?"

Diese flüsterte ihrem Vater zu, dass er mitmachen solle. Sie hätten eine schöne Überraschung für ihre Kleine. Sie signalisierte ihm, dass sie hinausginge, um mit Liselottes Vater die Süßigkeiten zu holen. Dann huschte sie zur Tür hinaus.

„Ich hab solche Angst, Opa, dass mir der Knecht Ruprecht Sand in die Augen wirft und mich verprügelt. Vielleicht nimmt er mich sogar mit." Liselotte fing leise an zu weinen.

„Ach, was, du bist so ein braves Mädchen. Dir tut niemand etwas, das verspreche ich dir. Ich bin schließlich auch noch da."

In diesem Augenblick tat es draußen einen heftigen Schlag, so als ob jemand die Tür gewaltsam aufgedrückt hätte. Die Holzdielen im Gang knarrten unter dem festen Aufstampfen von schweren Füßen, ein heftiges Poltern, ein Dröhnen und ein schleifendes Geräusch, das sich immer mehr der Tür näherte, war zu hören.

„Opa, Opa, jetzt kommt er mich holen. Hörst du nicht, wie er den schweren Sack den Gang entlangzieht. Da hat er bestimmt schon andere Kinder reingesteckt." Liselotte krabbelte in Windeseile unter den Küchentisch. Sie fasste ihren Großvater an den Händen, kroch zwischen die Stuhlbeine und seine Hosenbeine und legt ihren Kopf auf seine Knie. Hier unten fühlte sie sich ein wenig sicherer. Der Nikolaus würde sie nicht gleich sehen. Trotzdem war sie außer Rand und Band. Ihr Herz hämmerte und sie zitterte am ganzen Leib. Als sich die Tür öffnete, begann sie zu wimmern: „Opa, Opa, bitte hilf mir! Der Knecht Ruprecht darf mich nicht mitnehmen! Opa, Opa!"

Weiter kam sie nicht. Plötzlich stand der Großvater auf und zur Tür gewandt, begann er zu brüllen: „Ihr seid wohl von allen guten Geistern verlassen, ihr beiden! Eure Tochter sitzt unter dem Tisch und stirbt fast vor Angst wegen eurem scheiß Nikolaus! Jetzt ist sofort Schluss mit diesem Zirkus!"

Seine Tochter und sein Schwiegersohn standen mit ihren Nikolaustellern, die mit Schokolade, Lebkuchen, Marzipan und allerhand anderen Leckereien gefüllt waren, erschrocken da wie zwei begossene Pudel. Der Großvater zog Liselotte unter dem Tisch hervor und nahm sie auf den Arm. „Schau mal, was der Nikolaus dir gebracht hat: lauter süße Sachen." Das kleine Mädchen wischte sich die Tränen weg. Es konnte sich nicht so recht über all das freuen. Darum sprach der Großvater weiter: „Weißt du, was dir der Nikolaus ausrichten lässt?“ Liselotte schüttelte den Kopf. „Er lässt dir ausrichten, dass er in deinem Fall beschlossen hat, das schwarze Buch in den Mülleimer zu werfen. Er meinte, du seiest so ein artiges Mädchen, dass er künftig nicht mehr vorbeikommen werde. Das wäre ihm gerade recht, denn er hätte sowieso so viel zu tun. Er habe beschlossen, im nächsten Jahr einen Tag vorher die Süßigkeiten bei deinen Eltern abzugeben.“

Zu Liselottes Eltern gewandt, meinte der Großvater: „Das hat er doch gesagt, oder?“ Die Schärfe, mit der er das Wort „oder“ aussprach, ließ bei den beiden verhinderten Nikoläusen keinen Widerspruch zu. Sie nickten stumm. Und während ihnen das Lachen vergangen war, schaffte es der Großvater, ein Lächeln in das Gesicht seines Enkelkindes zu zaubern. Er war eine absolute Autoritätsperson, der niemand zu widersprechen wagte. Nicht einmal der Nikolaus, geschweige denn der Knecht Ruprecht, ließ sich nach 1958 noch einmal in der Dalbergstraße bei der kleinen Liselotte blicken.

Der Nikolaus, der Wunder vollbringt

Zweifellos war der Nikolaus in früheren Zeiten eine Respektsperson, wie auch diese Geschichte zeigt. „Ich war als kleines Mädchen eine unverbesserliche Daumenlutscherin. Da mein Vater Zahnarzt war, bekümmerte ihn das sehr. Er befürchtete, ich könne ganz entsetzlich vorstehende Zähne bekommen, denen nicht einmal eine Zahnspange mächtig werden würde“, beginnt Silvia ihre Erzählung. „Meine Eltern versuchten darum alles Mögliche, um mich davon abzubringen. Sie schmierten mir Senf auf den Daumen und behaupteten, es sei Hühnerdreck. Aber selbst das hielt mich nicht davon ab, meinen geliebten Daumen zu lutschen.

Es muss in den ersten Dezembertagen gewesen sein, als meine Mutter eine große, hässliche Warze auf dem Rücken meines Daumens entdeckte. Ich war den Tränen nahe, dass ich nun einen so unansehnlichen Finger hatte. Meine Mutter betrachtete meinen Daumen. Sie schüttelte nachdenklich den Kopf: ‚Ich weiß nicht, was wir da machen sollen. Ich denke, darüber müssen wir mit dem Nikolaus reden, wenn er in ein paar Tagen kommt. Vielleicht kann er uns helfen und hat einen Rat für uns.‘ Bei dem Gedanken, der Nikolaus könne erfahren, dass ich mit fünf Jahren noch am Daumen lutsche, wurde mir angst und bange. Schließlich war hinlänglich bekannt, dass er bestens darüber informiert war, ob die Kinder das Jahr über brav oder unfolgsam gewesen waren. Das alles würde er brühwarm nicht nur dem Christkind, sondern auch seinem Helfershelfer, diesem Knecht Rupprecht, berichten. Wenn der von meiner Daumenlutscherei erfahren würde ... Ich wollte mir das gar nicht vorstellen.

Am Morgen des Nikolaustages erklärten mir meine Eltern, der Nikolaus ließe mir ausrichten, dass er mich am Abend anrufen würde. Er hätte so viel in der Innenstadt zu tun, dass es ihm zu anstrengend wäre, mit seinem Schlitten nach Neuostheim zu fahren. Ich blieb den ganzen Tag über so weit wie möglich vom Telefon weg. Ich hatte solche Angst davor, dass er das Daumenlutschen erwähnen würde. Als das Telefon klingelte und meine Mutter mir den Hörer reichte, zitterte ich wie ein Häufchen Elend. Es war so, wie ich es befürchtet hatte, der Nikolaus kam sofort auf meine große Sünde zu sprechen. Ich versuchte es gar nicht zu leugnen, sondern gestand ein wenig kleinlaut meine Missetat. Dann kam die Sprache auf die große, hässliche Warze. ‚Aha', meinte der Nikolaus. Er schwieg. Anscheinend dachte er nach. Schließlich räusperte er sich und meinte. ‚Also, hör mal zu, kleines Fräulein! Ich werde dir helfen und dafür sorgen, dass diese Warze verschwindet, aber nur unter der Bedingung, dass du sofort mit dem Daumenlutschen aufhörst.' Ich gab ihm mein heiliges Versprechen. Ich war zu allem bereit, wenn nur diese hässliche Warze verschwinden würde.

Der Nikolaus hielt tatsächlich Wort und vollbrachte das Wunder. Die Warze wurde in den kommenden Tagen und Wochen kleiner und irgendwann war sie ganz verschwunden. Ich wäre nie auf den Gedanken gekommen, mein Versprechen zu brechen, und hielt mich an unsere Abmachung. Fortan lutschte ich nie mehr an meinen Daumen.

Weiße Weihnachten ...

... gibt es in Mannheim eher selten. Unsere Stadt gehört zu denen mit dem mildesten Klima in Deutschland. Durch die Lage im Oberrheingraben sind Minusgrade im Winter die Ausnahme.

Im Hochsommer klettert das Thermometer dagegen gerne mal über 30 Grad. „Is des heid widda ä Hitz!" tönt es von überallher. Verständlich, denn zu den hohen Temperaturen gesellt sich eine schier unerträgliche Schwüle, die wir den Rheinauen und den beiden Flüssen zu verdanken haben. Auch die Niederschlagsmenge ist für Westdeutschland nicht gerade üppig. Den Schirm können wir meist daheim lassen. Nur im Dezember, da wünschen wir uns, es möge was von oben runterkommen. Plötzlich erwachen unsere romantischen Gefühle. Wir sehnen uns nach weißen Flocken, die vom Himmel fallen und uns eine weiße Weihnacht bescheren. Leider blieb dieser Wunsch in den letzten Jahrzehnten meist unerfüllt.

Schnee und Eis

Das war nicht immer so. Im 19. Jahrhundert war der Rhein tatsächlich mehrmals vereist. Auch 1929 war die Wetterlage extrem. Wochenlang herrschte Dauerfrost. Zwischen Mannheim und Koblenz bildete sich eine geschlossene Eisdecke, die den gesamten Schiffsverkehr zum Erliegen brachte. Auf historischen Fotos ist zu erkennen, wie sich Hunderte von Menschen auf dem zugefrorenen Fluss zwischen Mannheim und Ludwigshafen tummeln. Irmgard kann sich gut an die Erzählungen ihrer Mutter erinnern. Diese berichtete, dass geschäftstüchtige Zeitgenossen eine Würstchenbude und einen Glühweinstand auf dem Eis eröffneten. Es soll sogar ein Karussell mitten auf dem Rhein gegeben haben. Unvorstellbar! Das waren noch Zeiten!

Ein sehr, sehr kalter Winter herrschte 1956. Nach wochenlangen extremen Minusgraden zeigte das Thermometer am 21. Februar minus 21 Grad. Mithilfe von Eisbrechern gelang es, in der Mitte des Rheins zumindest zeitweise eine Fahrrinne vom Eis zu befreien.

Hildegard hat den Winter 1962/1963 gut im Gedächtnis. „Ich vergesse nie die Vögel, die auf den Eisschollen im Rhein und Neckar festklebten. Sie gingen jämmerlich zugrunde. Die taten mir so leid. Ich hätte heulen können. Wir konnten ihnen leider nicht helfen. Trotzdem war es ein toller Winter. Einmal fuhren mein Vater, mein Onkel und ich mit unserem Auto über die Rheinbrücke zum Schlittschuhlaufen an die Blaue Adria. Die war total zugefroren und hatte eine stabile Eisdecke. Irgendjemand hatte von einer kleinen Fläche den Schnee abgekehrt, damit man gut ohne Hubbel Schlittschuhlaufen konnte. Der Schnee war an den Rändern zu einem kleinen Haufen zusammengeschoben worden. Mein Vater und mein Onkel wollten mir an dem Nachmittag zeigen, wie gut sie Schlittschuh laufen konnten. Ich selbst hatte meine Schlittschuhe gerade zu Weihnachten geschenkt bekommen und stand recht wackelig auf den Kufen.

Mein Onkel, der als junger Mann Kunstturner gewesen war, fuhr Schlittschuh wie ein junger Gott, brillierte mit Pirouetten und mehreren Rittbergern. Mein Vater wollte ihm natürlich in nichts nachstehen. Für den aktiven Fußballer gehörten solch elegante Bewegungen nicht unbedingt in sein Repertoire. Er musste sich etwas anderes ausdenken. Er mimte darum einen Clown, nahm Anlauf und sprang in hohem Bogen über den kleinen Schneehügel am Rand. Bedauerlicherweise landete er nicht auf seinen Kufen, sondern auf seinem verlängerten Rückgrad. Er tat uns schrecklich leid, trotzdem konnten wir uns das Lachen nicht verkneifen, als er wie ein hilfloser Maikäfer zappelnd auf seinem Rücken lag. Es erübrigt sich, weiter über diesen Nachmittag zu berichten. Er endete damit, dass wir meinen Vater auf dem Weg zu unserem Auto zu zweit stützen mussten."

Die Winter 1929, 1956 und 1962/1963 waren die letzten, in denen derart extreme Temperaturen herrschten. Sie waren sicherlich für Mannheim die Ausnahme. Trotzdem fällt bei Gesprächen mit älteren Mannheimern auf, dass es früher kältere Winter und mehr Schnee gab. Der blieb nicht wochenlang liegen und auch die Höhe der Schneedecke war überschaubar. Doch sie reichte, um den Schlitten aus dem Keller zu holen. Es stellte sich danach nur die Frage, wohin man zum Rodeln gehen sollte.

Mannheims Berge

Der höchste natürliche Punkt Mannheims mit 114 Meter Höhe liegt im Dossenwald, zwischen Seckenheim und Rheinau. Darüber hinaus gibt es lediglich den künstlichen Monte Scherbelino, einen grasbewachsenen Schuttberg auf der Friesenheimer Insel, und den Monte Gogolo im südlichen Teil des Schlossparks. Letzterer taucht in zahlreichen Erzählungen auf. Das ist kein Wunder, denn er ist gut erreichbar. Neben dem Monte Scherbelino ist er die höchste künstliche Erhebung Mannheims und bietet eine der längsten Abfahrten.

Der Goggelsberg, wie der Monte Gogolo ursprünglich hieß, besteht aus Schutt und vermutlich aus Resten der alten Festung. Er wurde zu Beginn der 60er-Jahre umgestaltet. Auf seiner Spitze wurde ein Pavillon errichtet. Heute kennt kaum jemand den ursprünglichen Namen. Wahrscheinlich ist er von „Goggel“ abgeleitet, also von den Zapfen der Nadelbäume, die an der Stelle einst wuchsen.

Margit erzählt, wie sie mit ihrem Großvater zum Schlittenfahren dort war. Der Abhang kam ihr viel zu steil vor, und sie bekam Angst. Darum sprang sie im letzten Moment vom Schlitten ab und ließ ihren johlenden Großvater allein hinunterfahren. Elisabeth hat leider keine guten Erinnerungen an den Monte Gogolo. Sie musste einen schlimmen Unfall miterleben. Es gab einen alten Baum, der etwas versetzt in der Rodelbahn stand. Gegen diesen raste ein Elternpaar mit seiner Tochter. Das kleine Mädchen, das vorne auf dem Schlitten saß, war so schwer verletzt, dass es mit dem Krankenwagen abtransportiert wurde. „Ich habe das Mädchen viele Jahre später als ältere Frau wiedergesehen. Sie muss sich damals so schwer am Kopf verletzt haben, dass sie eine sichtbare Behinderung davongetragen hatte. Für mich war dieser Unfall ein schockierendes Erlebnis. Ich habe mich danach nie mehr auf einen Schlitten gesetzt.“

Diese Geschichte ist sicher eine Ausnahme. Zumeist sind es ausgelassene, schöne Erinnerungen ans Schlittenfahren, die den

Erzählenden stets ein Lächeln ins Gesicht zaubern. Bei Schnee war kein Abhang vor den Schlittenfahrern sicher. Überall wurde runtergerutscht. Vom kleinen Hügel am ehemaligen Planetarium, von den Wegen im Unteren Luisenpark, von der Neckarwiese, vom Rheindamm in Neckarau, von verschiedenen Hügelchen im Waldpark, im Rheinauer oder Käfertaler Wald, vom steilen Kanaldamm in Feudenheim, von der Böschung am Vogelstangsee und von den verschiedenen Brückenauf- und abfahrten. Alles war uns Kindern recht. Wir wussten, dass der Schnee nicht lange liegen bleiben würde. Deshalb mussten wir jede Gelegenheit nutzen.

Manche von uns waren recht übermütig. Sie fuhren Bauchplatscher, das heißt, sie lagen auf dem Bauch mit dem Gesicht nach vorne. Das schränkte natürlich die Möglichkeit des Bremsens erheblich ein. Besonders viel Spaß bereitete das Rodeln am Neckardamm. Die Abfahrt war zwar kurz, aber ganz schön steil. Der Schlitten kam ziemlich in Fahrt. Bevor man unten auf der flachen Wiese ankam, querte ein schmaler Weg die Bahn. Der bewirkte, dass der herabrasende Schlitten auf den letzten paar Metern abhob. Er schwang durch die Luft, bevor er recht unsanft auf der Neckarwiese aufsetzte, um dann seine Geschwindigkeit bis zum Flussufer zu drosseln. „Als ich diesen Abhang zum ersten Mal hinunterfuhr, bin ich so erschrocken, dass mir für einen Augenblick die Luft wegblieb“, berichtet Ursula, „aber später habe ich ihn geliebt.“

Im Januar 2024 wurden Mannheims Wintersportler verwöhnt. An immerhin drei Tagen gab es Dauerfrost. An achtzehn Tagen lag die Temperatur unter 0 Grad Celsius und an vier Tagen konnten sie sich an einer geschlossenen Schneedecke erfreuen. Es war so kalt, dass das Eislaufen auf dem oberen Vogelstangsee möglich war. Na, wer sagt’s denn?!

Zauber der Weihnachtszeit

Es gibt Begebenheiten, die zunächst ganz unspektakulär daherkommen. Oft erkennt man erst im Nachhinein, wie prägend sie für das spätere Leben waren.

Emanuel wurde blind geboren. Er kam Anfang Dezember 1976 ein paar Wochen zu früh zur Welt und wäre beinahe ein Christkind geworden. Die folgenden Jahre waren für seine sehr jungen Eltern ein Hoffen und Bangen. Irgendwann stand fest, dass ihr Kind nie sehen würde. Eine zunächst verstörende Nachricht! Sie waren sich bald darüber einig, dass sie ein ganz normales Leben führen wollten. Wenn sie zusammenhielten, würde dies gelingen.

Maria, Emanuels Mutter, liebte es, in Zeitschriften zu schmökern. Irgendwann beschloss sie, ihre Lieblingslektüre nicht mehr am Kiosk zu kaufen, sondern ein Abonnement abzuschließen. Das war sehr verlockend, weil es tolle Werbegeschenke gab. Auf diese Weise hielten im Laufe der Jahre ein Fondue-Set, ein Haartrockner und ein aufblasbares Gästebett Einzug in ihren Haushalt. Ein paar Wochen vor Weihnachten studierte Maria erneut die Werbegeschenke. Nichts davon kam infrage. Entweder gefiel es ihr nicht oder sie besaß es bereits. Gerade, als sie die Zeitschrift zur Seite legen wollte, fiel ihr Blick auf ein Musikinstrument. Es war ein kleines Harmonium mit Gebläse, ein Tasteninstrument mit Bässen und Akkorden. „Das wäre ein schönes Weihnachtsgeschenk für Emanuel“, meinte sie zu ihrem Mann, „auf dem könnte er nach Herzenslust herumklimpern.“

Am Heiligabend stand das Musikinstrument unter dem Weihnachtsbaum. Emanuel war fasziniert von diesem Geschenk. Bald ließ er die anderen Spielsachen links liegen und beschäftigte sich fast ausschließlich mit dem Instrument. Seine Eltern freuten sich, als sie feststellten, dass ihr Sohn, anstatt planlos in die Tasten zu hauen, neue Melodien aus dem Kopf spielen konnte. Aufgrund seiner Blindheit hatte ihr Kind anscheinend ein perfektes musikalisches Gehör. Nachdem sie das Talent ihres Sohnes erkannt hatten, entschlossen sie sich, für den Kauf eines Klaviers zu sparen.

Zwei Jahre später stand das Instrument neben dem Weihnachtsbaum. Es war sehr teuer gewesen. Für das Geld hätten sich die Eltern einen Kleinwagen kaufen können. Das Klavier war jedoch die beste Investition ihres Lebens. Es sollte das künftige Leben ihres Sohnes bestimmen. Er spielte und übte fortan, lernte die Noten später in der Blindenschule in der Braille-Musikschrift. Nach der Schule begann er eine Ausbildung als Kirchenmusiker. Heute ist er in fester Anstellung bei der katholischen Kirche als Organist tätig und das schon seit mehr als 20 Jahren. Dies hält ihn nicht davon ab, weltliche Musik bei Hochzeiten und anderen Familienfesten zu spielen. Sein Repertoire ist groß. Im nächsten Jahr wird er zum vierten Mal mit einem Weihnachtsprogramm in der Trauerhalle des Mannheimer Hauptfriedhofs auftreten. Das alles hat er seiner Mutter, ihrer Faszination für Werbegeschenke und seinem wunderbaren Weihnachtsgeschenk zu verdanken.

Die Weihnachtszeit hat zweifellos einen ganz besonderen Zauber.

Weihnachtliche Märchenwelt

Wer kennt sie nicht, die Filmklassiker, die bis heute in der Vorweihnachtszeit im Fernsehen zu sehen sind? „Der kleine Lord“, „Drei Haselnüsse für Aschenbrödel“ oder „Der Polarexpress“. Für viele sind die Fernsehserien der 60er- und 70er-Jahre unvergesslich, die meist im ZDF als Vierteiler an den Adventssonntagen ausgestrahlt wurden. „Ich habe sie alle gesehen“, erzählt Werner, der Abenteuergeschichten liebte, „den ‚Robinson Crusoe’, die ‚Schatzinsel‘, den ‚Lederstrumpf‘ und später den ‚Seewolf‘, obwohl ich da eigentlich schon aus dem Alter raus war. Aber diese Serien gehörten zur Adventszeit.“

Susanne berichtet: „Meine Eltern setzten mich jedes Jahr am Mittag des Heiligabends vor den Fernseher, weil ich ihnen bei den Weihnachtsvorbereitungen im Wege rumstand. Da wurde ‚Wir warten aufs Christkind‘ ausgestrahlt. Ich liebte alle, die darin auftauchten, besonders den ‚Kater Mikesch‘ oder den ‚Hasen Cäsar‘. Gerne denke ich an ‚Peterchens Mondfahrt‘, an den Maikäfer Herrn Sumsemann, das Sandmännchen und den Pfefferkuchenmann. Das sind wunderschöne Kindheitserinnerungen.“

Geschichten ganz anderer Art wissen die 1946 in der St.-Hedwig-Klinik geborenen Zwillingsschwestern Beate und Gisela zu berichten. Sie tanzten als Kinder über Jahre hinweg auf vielen verschiedenen Veranstaltungen.

„Wir wohnten mit unseren Eltern am Luisenring“, beginnt Beate zu erzählen, „und gingen ins Alfonshaus, in den Kindergarten der Liebfrauenkirche. Auf dem Weg dorthin fielen wir eines Tages der bekannten Mannheimer Tanzlehrerin Fränzl Rothmund auf. Wir waren damals gerade fünf Jahre alt. Sie meinte, wir wären fürs Ballett geeignet und setzte sich mit unseren Eltern in Verbindung. Kurz darauf besuchten wir ihre Ballettschule. Wir probten im Gymnastiksaal des Jugendhauses Erlenhof und im Turnsaal der Pestalozzi-Schule. Frau Rothmund hatte keine eigenen Räume."

„Weißt du, was mir gerade einfällt", mischt sich nun Gisela ein, „da gab es einen Klavierspieler, einen Herrn Schaaf. Wenn Vater uns nach den Proben im Auto abholte, nahmen wir den manchmal mit. Er sagte uns nie, wo er genau wohnte, sondern stieg an der Kurpfalzbrücke aus. Später stellte sich heraus, dass er sich geschämt hatte, weil er 1953 noch immer keine Wohnung hatte und im Tiefbunker unter dem Alten Messplatz wohnte."

Beate erzählt weiter: „Wir traten übers Jahr an ganz verschiedenen Orten auf: auf der Rennwiese, die heute Freizeitwiese im Luisenpark ist, im Universum, bei Schöps in Friedrichsfeld und im Rosengarten. Manchmal fuhren wir in die Pfalz. In Ludwigshafen tanzten wir im Ebert-Park sowie bei Giulini und Raschig. Die meisten Auftritte hatten wir in der Vorweihnachtszeit".

Frau Rothmund arbeitete jahrzehntelang mit Elisabeth und Ludwig Vaas und Ise Ernst zusammen, die bereits 1932 ein Märchentheater ins Leben gerufen hatten. Über 20 verschiedene Märchen wurden in diesen Jahren produziert und alle mit Balletteinlagen.

„Wir waren immer dabei. Als eineiige Zwillinge fielen wir natürlich besonders auf", erzählt Beate nicht ohne Stolz. Gisela holt verschiedene Zeitungsausschnitte hervor. Sie hat sie wie kleine Schätze über die ganzen Jahre aufbewahrt. „‚Die Liese auf der Pfefferwiese' 1954, ‚Der Zauberbesen' und ‚Das Christsternlein', beide 1955, ‚Die Schneekönigin' 1956, die fanden alle auf der Bühne des Universums statt unter der musikalischen Leitung des Organisten Alfred Köhler."

„Natürlich haben Herr und Frau Vaas auch die ganz bekannten Märchen von ‚Schneewittchen' bis ‚Hänsel und Gretel' inszeniert", fügt Beate hinzu. „Weißt du, wie anspruchsvoll Herr Vaas war?", fragt sie ihre Schwester. „Oh ja, mein Gott! Ich habe seine Worte noch deutlich im Ohr, wenn wir probten: ‚Mehr Anmut, mehr Anmut, meine Damen!'".

Gisela muss lachen: „Er war eben ein Ästhet und das Theater war seine Welt." – „40 Jahre lang hat er das Märchentheater Kurpfalz, wie es später hieß, am Leben erhalten. 1972 war dann Schluss", ergänzt Beate „Da waren wir schon nicht mehr dabei. Als wir wegen der vielen Proben und Auftritte die Schule vernachlässigten, hat unser Vater gemeint, die Schule sei wichtiger und deshalb unsere Karriere nach acht Jahren beendet. Wir hätten gerne weitergemacht, aber Tänzerinnen wollten wir eigentlich nie werden."

Was den Schwestern aus dieser Zeit blieb, ist die Leidenschaft für Tanz und Musik, besonders für die Klavierkompositionen von Tschaikowsky. Beide tanzen bis heute in ihrer Freizeit gern in der Folklore-Tanzgruppe beim TSV 1846, deren Leitung Beate inzwischen übernommen hat.

Sie sind übrigens nicht die Einzigen, die ihre lebenslange Begeisterung fürs Tanzen Fränzl Rothmund verdanken. Auch Erika Schmaltz war Schülerin der beliebten Ballettmeisterin. Berühmtheit erlangte die liebenswürdige ältere Dame durch ihre AWO-Tanzgruppe. Mit dieser trat sie bei der Bundesgartenschau 2023 in Mannheim auf. Vonseiten der Buga-Leitung gab es kurz vorher die Auflage, die Tänzerinnen mögen bei der musikalischen

Weltreise auf ihre mexikanischen Sombreros verzichten. Dies sei eine kulturelle Aneignung. Der Fall ging wochenlang durch die Presse.

Solch schwerwiegende Probleme stellten sich für die Choreografen, Kostüm- und Bühnenbildner des Märchentheaters damals Gott sei Dank nicht. Die Schwestern denken bis heute gerne daran, wie sie und die anderen Kinder geschminkt wurden und man schöne Kostüme für sie anfertigte. In einem Punkt sind sie sich einig: „Besonders bewegend war es, wenn wir nach den Adventsaufführungen zusammen mit dem Publikum ‚Oh, du fröhliche‘ sangen. Dann wurde uns allen warm ums Herz und wir waren erfüllt von der Vorfreude auf das nahende Weihnachtsfest.“

Mannheims Weihnachtsmärkte

„Dem Vergleich mit dem Nürnberger Christkindlesmarkt kann Mannheim natürlich nicht standhalten. Dafür haben wir aber gleich drei Weihnachtsmärkte in der Innenstadt“, stellt Simone stolz fest. „Nicht zu vergessen die kleineren Märkte bei uns in den Vororten“, ergänzt Martin, der in Sandhofen wohnt.

Rosengarten

„Mir gefällt der am Wasserturm am besten.“ Simone kann es meist nicht erwarten, bis er Ende November seine Pforten öffnet. „Das hab ich von meiner Großmutter. Sie liebte den Weihnachtsmarkt und hat mir so oft von dem ersten Weihnachtsmarkt nach dem Zweiten Weltkrieg erzählt. Der fand 1948 im Rosengarten statt. Dessen Innenräume mussten für diesen Zweck erst einmal hergerichtet werden. Die schweren Kriegsschäden waren überall sichtbar. Meine Großmutter hat mir unzählige Male berichtet, wie sie damals mit glänzenden Augen und klopfendem Herzen an den Ständen vorbeischlenderte. Besonders die Weihnachtsdekorationen hatten es ihr angetan. Wie sehr hatte sie das alles in den sechs Kriegsjahren und in den ersten Nachkriegsjahren vermisst!“ Tatsächlich waren es 1948 weit über hundert Stände, die alles Mögliche anboten: von elektrischen Haushaltsgeräten über Polstermöbel bis hin zu Fahrrädern. Das waren alles Waren, die man heutzutage auf keinem Weihnachtsmarkt finden würde. Im

Grunde ähnelte er eher einer Verbrauchermesse. Nach 16 Tagen schloss er seine Pforten und konnte auf 62.000 Besucher zurückblicken. 1949 und 1950 fand er nochmals im Rosengarten statt. Dann war erst einmal Pause.

22 Jahre müssen die Mannheimer warten, bis am 6. Dezember 1972 auf dem Paradeplatz wieder der Weihnachtsmarkt eröffnet wird. Er blieb dort sechs Jahre. 1978 muss er an den Wasserturm umziehen, da unter dem Marktplatz eine Tiefgarage gebaut und der Wochenmarkt auf den Paradeplatz verlegt wurde.

Wasserturm

Mit dem Jugendstil-Ambiente am Friedrichsplatz und dem Wasserturm bekommt der Weihnachtmarkt an diesem Ort etwas Unverwechselbares. Nicht nur Mannheimer, sondern Menschen aus der ganzen Umgebung zieht es jedes Jahr zwischen der letzten Novemberwoche und dem 23. Dezember dorthin. Sie lieben es, unterhalb des Mannheimer Wahrzeichens durch die Krippengasse, den Himmels-, Sternen- und Tannenweg, die Nikolausstraße oder den Hirtenpfad zu bummeln. Von überallher erklingen Weihnachtslieder, es duftet nach gebrannten Mandeln, Glühwein und vielem mehr. Viele bleiben auf dem Christkindl-Platz an einem der hohen Tische stehen, genießen Kartoffelpuffer mit Apfelmus oder eine lange Bratwurst und kommen nicht selten spontan mit fremden Menschen ins Gespräch. Aber das ist eben typisch für die offene kurpfälzische Mentalität.

Die Vielfalt der Angebote an den rund 200 Ständen ist enorm und mittlerweile international. Neben allen möglichen lukullischen Ständen von Langlos über Gyros und Döner bis hin zu Fischbrötchen werden Schmuck aus Afrika, Lampen aus Marokko, indische Kleider und Tücher, Pullover und Schals aus Peru oder Norwegen, Gewürze aus aller Herren Länder und allerlei Süßes angeboten. An den Süßwarenständen dürfen natürlich Lebkuchenherzen in verschiedenen Größen und mit den unterschiedlichsten Aufschriften von „Ich liebe Dich“, „Für Mama“, „Für Papa“, „Frohe Weihnachten“ und vielem mehr nicht fehlen. An einigen Ständen dominieren die Schaumküsse in allen Geschmacksrichtungen die Auslage. Da kann es schon mal vorkommen, dass der ein oder andere versehentlich einen Mohrenkopf verlangt, weil er die süße Köstlichkeit ein Leben lang so bezeichnet hat, ohne etwas Böses dabei zu denken.

Die Kleinen zieht es auf diesem Weihnachtsmarkt weniger zu den Ständen hin, dafür umso mehr zu dem prächtigen historischen Etagen-Karussell, dem Kinder-Riesenrad und der schnuckeligen Kindereisenbahn. Ein besonderes Highlight für Jung und Alt ist die riesige, fast 20 Meter hohe Weihnachtspyramide, in die man hineingehen und wo man auf zwei Etagen in einer der gemütlichen Sitzecken seinen Glühwein genießen kann. Allerdings muss man Glück haben, um darin einen Platz zu ergattern, denn sie ist stets gut besucht.

Ebenfalls sehr gefragt ist die Bude von Käthe Wohlfahrt. Hier schlängeln sich viele durch und bewundern die herrlichen weihnachtlichen Dekorationen. Oft sind es Sammler, die ihre Kollektion erweitern wollen, oder Besucher, die all das einfach nur bestaunen möchten. Viele können sich die kleinen bemalten Holzengel, Rauchmännchen oder Zinn- und Krippenfiguren nicht leisten.

Was wäre der Weihnachtsmarkt ohne die Showbühne? Von Anfang an haben die Planer des Weihnachtsmarkts großen Wert auf ein begleitendes Kulturprogramm gelegt. Jeden Abend um 18 Uhr gibt es eine Attraktion. Tanzgruppen treten auf – vom Line Dance und Stepptanz bis hin zu Jazzdance und Hip-Hop. Ein abwechslungsreiches Musikprogramm wird geboten: Von Orchesterstücken der Mannheimer Philharmoniker, über Shantys und Seemannslieder bis hin zu einem festlichen Adventskonzert mit dem Polizeimusikkorps Mannheim, bei denen alle aufgefordert werden mitzusingen. Tagsüber werden viele Mitmachaktionen für Kinder angeboten, an den Wochenenden sogar Fotosessions mit einem freundlichen Nikolaus. Da schlagen die Kinderherzen höher.

Am Abend wird der Glühweinstand am Ende des Sternenwegs für viele – hauptsächlich sind es junge Leute – zum After-Work-Treffpunkt. Hier wird gechillt, was das Zeug hält, auch wenn das Wetter manchmal nicht mitspielt. Der Stand ist seit vielen Jahren ein beliebter Ort der guten Laune, an dem man wegen der vielen Menschen fast nicht vorbeikommt.

Kapuzinerplanken

Diejenigen, die es etwas ruhiger und übersichtlicher haben wollen, begeben sich nach O5/O6 zu dem Weihnachtsmarkt in den Kapuzinerplanken mit seinen rund 30 schneeweißen Zelten. Er wurde 1990 auf Initiative des Modehauses Engelhorn eröffnet. Eingebettet zwischen Engelhorn und verschiedenen anderen Geschäften, lädt er die Einkaufsbummler ein, eine kurze Pause einzulegen und sich kulinarisch verwöhnen zu lassen. Neben den Gaumenfreunden gibt es auf dem kleinen Weihnachtsmarkt jede Menge zu sehen. Die verschiedenen, zum Teil wöchentlich wechselnden Aussteller, geben so manche Anregung für ein nicht alltägliches Weihnachtsgeschenk. Traditionelles Kunsthandwerk wird ganz groß geschrieben. Wer etwas Originelles oder vielleicht sogar ein richtiges Unikat sucht, der ist hier richtig.

Märchenwald

Für Kinder dürfte der Weihnachtsmarkt in den Kapuzinerplanken weniger interessant sein. Sie kommen dafür am Paradeplatz voll auf ihre Kosten. Mitten im Herzen von Mannheim entsteht jedes Jahr der „Märchenwald“, wo die fantasievoll gestalteten Häuschen und vor allem die Märchenfiguren Kinder und Erwachsene faszinieren. Für das leibliche Wohl ist ebenfalls gesorgt. Doch nicht nur dafür. Zwei Bühnen bieten zusätzlich ein abwechslungsreiches Programm. Kinder können sich schminken lassen, der Musik des Himmels-DJ lauschen oder den singenden Weihnachtsmann mit seinen Rentieren bestaunen. An den Mittwochabenden um 18 Uhr gibt es ein besonderes Ereignis. Naro, der Eros Ramazotti Mannheims, wie er von vielen genannt wird, tritt auf der Bühne über der Waldhütte auf. Dies tut er unter dem Motto „Naro & friends“, denn es sind verschiedene seiner Musikerfreunde dabei. Diese Auftritte haben Tradition und fanden 2023 bereits zum 11. Mal statt. Neben populärer Musik erklingen Weihnachtslieder, bei denen jeder mitsingen darf. Alle Künstler treten ehrenamtlich auf. Ihre Gagen fließen in einen großen Spendentopf, mit dessen Inhalt Naro & friends sowie das gesamte Team des Märchenwaldes, jedes Jahr Spielsachen kaufen. Diese werden am Heiligabend unter den Kindern der Krebsstation im Mannheimer Klinikum verteilt. Was für eine wunderbare, zutiefst menschliche Aktion, die den Weihnachtsgedanken lebendig werden lässt!

Nachtrag: Da wir Mannheimer bekanntlich vom Feiern nie genug bekommen, wandelt sich der Weihnachtsmarkt auf den Kapuzinerplanken übergangslos in einen Silvestermarkt und an dem Märchenwald darf man sich über die Weihnachtstage hinweg bis zum 28. Dezember erfreuen.

Man muss die Feste feiern, wie sie fallen ...

... das ist leichter gesagt, als getan, wenn man in der Weihnachtszeit auf die Welt gekommen ist. Am Heiligabend zum Kindergeburtstag einzuladen, ist schwierig und die Geburtstagsfeier muss wohl ganz ausfallen. Aber wie soll man das seinem Kind erklären? Schließlich ist man als Eltern an diesem Termin nicht ganz unschuldig. Man hätte bloß „uffbasse“ müssen und einen Zeugungsmoment wählen, der die Gefahr einer weihnachtlichen Niederkunft unmöglich gemacht hätte. Dumm gelaufen!

Die an Weihnachten Geborenen hadern fast alle mit ihrem Schicksal. „Ich beneide bis heute meine Freunde, die im Sommer Geburtstag haben. Die gehen mit ihren Freunden Eis essen zum ‚Fontanella‘, grillen im Strandbad oder im Luisenpark oder gehen Minigolfspielen am Karlsstern“, beklagt sich Jan, „aber was kann man am 24. Dezember machen? Ab dem frühen Nachmittag ist überall tote Hose. Draußen ist es kalt und alle interessanten Indoor-Aktivitäten haben geschlossen. Relaxen im ‚Miramar in Weinheim‘: Fehlanzeige! Oder sich den neuesten Action-Thriller im Cineplex reinziehen: ebenfalls nichts! Darüber hinaus hat man an diesem Abend gute Chancen, zu verhungern, denn beinahe alle Kneipen haben zu.“ Das klingt sehr dramatisch. Tatsächlich war die Stadt über viele Jahre an Heiligabend nach 14 Uhr wie ausgestorben.

Das hat sich inzwischen geändert und es gibt einige Veranstaltungen für Weihnachtsmuffel. Im Jungbusch sind in der Nacht jede Menge Cocktail-Bars und Clubs geöffnet. Zu essen gibt es etwas in einer der vielen türkischen Gaststätten in den G- und H-Quadraten. Für die meisten unserer muslimischen Mitbürger bedeutet Weihnachten lediglich, dass man zweieinhalb Tage frei hat. Die verbringt man gerne mit der Familie, am liebsten bei einem guten Essen in einem der Grillrestaurants am Marktplatz mit Blick auf die katholische St.-Sebastian-Kirche mit ihrem weihnachtlichen Glockenklang. Eine friedliche Koexistenz, die den Weihnachtsgedanken mit Leben erfüllt.

Das hilft unseren Steinbock-Geborenen nicht wirklich und es bleibt ihnen gar nichts anderes übrig, als sich an Weihnachten in ihr Schicksal zu fügen. Sie sollten darum das Weihnachtsessen als ihr Geburtstagsessen ansehen, ihr Kombi-Weihnachts-Geburtstags-Geschenk dankbar entgegennehmen und sich freuen, wenn auf ihr Wohl angestoßen wird. Mit ein bisschen Glück fällt das Geschenk doppelt so groß aus, sozusagen als Kompensation dafür, dass das Geburtstagskind zwölf lange Monate auf ein Geschenk warten musste.

Ralph-Christians Eltern fanden für ihren Sohn eine salomonische Lösung. Sie zelebrierten am 24. Dezember ein Geburtstagsfrühstück mit festlicher Geschenkübergabe. Abends wurde ganz normal Weihnachten gefeiert und das Weihnachtsgeschenk überreicht. Was für eine weise und einfühlsame Entscheidung. Aber sicherlich ist es die Ausnahme.

Zum Schluss ein tröstlicher Hinweise, der vielleicht ein bisschen Geburtstagsstimmung bei den Steinböcken aufkommen lässt. Mit ihrem Geburtstagstermin sind sie nämlich in bester Gesellschaft. Weihnachten ist schließlich nichts anderes als eine weltumspannende, millionenfache Geburtstagsparty für Jesus Christus.

Coming home for Christmas

Weihnachten ist in erster Linie ein Familienfest. Darum quälen sich viele kurz vor Heiligabend über die Autobahn und nehmen lange Staus in Kauf. Andere wieder steigen in überfüllte Züge und müssen manchmal stundenlang stehen, weil sie vergaßen, einen Sitzplatz zu reservieren. Im schlimmsten Fall fällt die Heizung aus oder die Bahn hat so viel Verspätung, dass man den Anschlusszug verpasst. Manche fliegen vom anderen Ende der Welt nach Hause, um bei ihrer Familie zu sein. All diese Menschen vereint derselbe Wunsch: Heiligabend im Kreise ihrer Lieben zu verbringen.

„Ich war in den 70er-Jahren Junglehrerin im Schwarzwald", erzählt Isolde, „manchmal fiel der 24. Dezember auf einen ungünstigen Wochentag, sodass ich mich erst kurz vor Weihnachten auf den Weg nach Hause machen konnte. Es wäre mir nie in den Sinn gekommen, nicht nach Mannheim zu meinen Eltern zu fahren und ohne sie Weihnachten zu feiern. Die Fahrt war in manchen Jahren recht mühsam, besonders wenn im Schwarzwald Schnee lag. Aber da musste ich durch! Ich versüßte mir die Fahrt mit Weihnachtsmusik aus dem Radio. Wenn das gerade von Chris Rea erschienene Lied ‚Driving home for Christmas' gespielt wurde, sang ich mit. Den Schulalltag ließ ich dann endgültig hinter mir und ich kam allmählich in Weihnachtsstimmung.

Auf den Autobahnen im Rheintal lag meistens kein Schnee. Allerdings gab es mitunter Glatteis. Wenn ich endlich von der B6 aus in der Ferne die Türme des Großkraftwerks in Neckarau sah und beim Abbiegen in die B656 über den Flughafen hinweg den Fernmeldeturm erblickte, wusste ich, jetzt würde ich gleich daheim sein. Meine Mutter hatte bestimmt Woinachdsgudsel gebacken und der Kaffeetisch würde bei meiner Ankunft gedeckt sein."

Auch Birgit erinnert sich an ihre Kindheit und die alljährliche Fahrt zu ihren Großeltern im Odenwald. Es muss Ende der 50er-Jahre gewesen sein, als sie sich mit ihren Eltern und ihren drei Geschwistern am 1. Weihnachtsfeiertag nach Oberflockenbach aufmachten. „Mein Vater hatte ein paar Monate zuvor sein erstes Auto gekauft und war stolzer Besitzer eines Lloyd Alexander. Der war zwar sehr klein, aber nach dem Motto ‚Raum ist in der kleinsten Hütte' stiegen wir, mehr schlecht als recht, zu sechst dick eingemummelt in das Auto und traten total überladen unsere Reise an. Das Wetter war an diesem Vormittag recht ungemütlich. Bei unserem Start in Mannheim fing es bereits an zu regnen. Ein eisiger Wind wehte und es waren gerade mal wenige Grad über null. Schon in Weinheim wandelte sich der Regen in Schnee. Je weiter wir in den Odenwald hineinfuhren und an Höhe gewannen, desto beschwerlicher wurde die Fahrt durch das Schneegestöber. Die Straßen waren nicht geräumt und unser kleines Auto musste sich jeden Hügel tapfer erkämpfen. Irgendwann war Schluss. Beim letzten Anstieg vor unserem Ziel drehten die Reifen durch. Es war kein Vorankommen mehr möglich. Mein Vater wusste sich jedoch zu helfen. Er bat meine Mutter, die Fußmatten vor die Vorderreifen zu legen, forderte uns Kinder auf, ebenfalls auszusteigen. Dann mussten wir alle schieben. Da mein Vater als Einziger des Fahrens mächtig war, saß er hinter dem Lenkrad und steuerte den Wagen.

Gott sei Dank ist der Odenwald nur ein Mittelgebirge! Wir schafften es tatsächlich mit vereinten Kräften, das Auto die letzte Anhöhe hochzuschieben. Durchnässt, durchgefroren und erschöpft kamen wir bei unseren Großeltern an. Großmutter legte gleich ein paar Briketts mehr auf, damit es kuschelig warm wurde, und verwöhnte uns Kinder mit heißem Kakao und unsere Eltern mit Kaffee. Als später der Bruder unserer Mutter hereinschaute und meine Eltern ihm von unserer abenteuerlichen Fahrt berichteten, lachte der nur und meinte: ‚Wer den Tod nicht scheut, fährt Lloyd!' So ist es leider nur zu oft: Wer den Schaden hat, braucht für den Spott nicht zu sorgen."

Weihnachten als Patient im Krankenhaus oder in einer Rehaklinik verbringen, das möchte wahrscheinlich niemand. Aber das Leben ist kein Wunschkonzert. Manchmal lässt es sich nicht anders einrichten. Franziskas Mutter hatte im Spätsommer 2010 die schreckliche Diagnose Speiseröhrenkrebs bekommen. „Gemeinsam beschlossen wir gegen die Krankheit zu kämpfen", erzählt Franziska und fährt fort. „Darum unterzog sich meine Mutter in der Mannheimer Universitätsklinik einer dreimonatigen stationären Strahlenbehandlung." Die Therapie war erfolgreich, nur hatte ihre Mutter 20 Kilo abgenommen und musste erst mal wieder aufgepäppelt werden. Sie kam im Dezember in die Geriatrische Reha-Abteilung des Diakonissenkrankenhauses. Bald war klar, sie würde den Heiligabend nicht zu Hause verbringen können. Aber wie heißt es so schön? „Wenn der Prophet nicht zum Berg kommt, muss der Berg zum Propheten kommen!"

Franziska erzählt: „An der Stelle muss man kurz erklären, dass wir im klassischen Sinn keine richtige Familie, sondern eher eine Patchwork-Familie waren. Meine Mutter, mein Mann, ein alter Freund, eine Cousine, ein Cousin, ein Onkel und ich hatten seit Jahrzehnten Heiligabend zusammen gefeiert. Schnell waren wir uns einig, das sollte in diesem Jahr nicht anders sein. Darum beschlossen wir, in der Reha zu feiern. Jeder sollte etwas mitbringen. Ich bat eine der Pflegerinnen, uns eine Ecke im Aufenthaltsraum zu reservieren. Punkt sieben Uhr rückten wir am Heiligabend in Festtagskleidung mit einem kleinen Weihnachtsbaum, einer Weihnachtstischdecke und passenden Servietten, mit Gläsern, Tellern und Besteck, mit leckerem Essen, mit einem CD-Player und Weihnachtsmusik und natürlich unseren Weihnachtsgeschenken an. Heimlich hatten wir eine Flasche Sekt im Gepäck, aber die durfte niemand sehen. Meiner Mutter hatten wir vorher nichts verraten. Sie brach in Tränen aus, als sie uns kommen sah. Wir umarmten uns untereinander, weinten ein bisschen mit, sangen zusammen Weihnachtslieder und beschenkten uns. Wir verbrachten einen wunderschönen Heiligabend miteinander. Wenn ich an dieses Weihnachtsfest zurückdenke, wird es mir warm ums Herz. Es war nicht nur schön. Nein! Es war das Allerschönste in meinem Leben."

Von Hasen, Forellen und Karpfen

Was haben Hasen, Forellen und Karpfen gemeinsam? Viele von ihnen schauen in die Röhre und überleben das Weihnachtsfest nicht. Aber nicht nur sie, denn einige ihrer Artgenossen müssen ebenfalls dran glauben. Gänse, Hühner, Puten, Kaninchen und Lachse erleiden das gleiche Schicksal. Sie werden alle früher oder später in die Pfanne gehauen. Während die Erwachsenen nach dem Festbraten lechzen, empfinden Kinder Mitleid mit den Todeskandidaten und überlegen, welche Rettungsversuche sie starten könnten.

Als der kleine Michael den Karpfen in der Badewanne schwimmen sah, wusste er, was zu tun war. Er setzte ihn in einen mit Wasser gefüllten Putzeimer und lief zur Neckarwiese, wo er ihn in den Fluss gleiten ließ und ihm seine Freiheit schenkte. Die Begeisterung seiner Eltern bezüglich dieser Heldentat kann man sich gut vorstellen.

Die 11-jährige Petra hatte mit ihrer Rettungsaktion weniger Glück. Als sie die zwei Forellen in der großen Emaille-Schüssel schwimmen sah, bettelte sie ihre Eltern an, sie mögen die Fische am Leben lassen. Sie würde sie ganz bestimmt hinunter zum Rhein tragen. Ihr Vater versuchte erst gar nicht seine Tochter umzustimmen, bat sie jedoch, zuerst den Mülleimer hinunterzutragen. Als Petra zehn Minuten später zurückkam, trieben die Forellen bewegungslos in Seitenlage auf der Wasseroberfläche. Ihre Eltern erklärten ihr, die Fische seien eines natürlichen Todes gestorben. Petra brach in Tränen aus. Sie glaubte ihnen kein

Wort. Als die Forellen am Abend frisch zubereitet auf den Tisch kamen, weigerte sie sich, nur einen Bissen zu essen.

Eleonores Eltern hatten einen Garten auf der Friesenheimer Insel, in dem sie verschiedene Gemüsesorten und Blumen anpflanzten. Im hinteren Teil befand sich ein großer Käfig mit zwei Stallhasen. Immer wenn Eleonore in den Garten kam, um sie zu füttern, nahm sie die Hasen heraus und liebkoste sie. Von Anfang an hatte sie ihnen Namen gegeben, nämlich Gretel und Gustl. Sie liebte die Häschen über alles.

Als sie am Weihnachtsmorgen in den Garten kam, musste sie erschrocken feststellen, dass nur Gustl im Käfig saß. Wo war Gretel? Sie begutachtete das Schloss, alles war in Ordnung. Sie konnte nicht fortgehoppelt sein. Ob jemand sie gestohlen hatte? Völlig aufgelöst rannte sie nach Hause, wo ihr bereits im Treppenhaus der Werftstraße 11 der leckere Duft eines Weihnachtsbratens entgegenströmte. Als Eleonore ihre Freundin Gretel beziehungsweise das, was von ihr übergeblieben war, knusprig angebraten im Bräter liegen sah, konnte sie sich nicht beherrschen. „Ihr Mörder!“, schrie sie ihre Eltern an, „wie konntet ihr so etwas tun? Weihnachten könnt ihr alleine feiern!“ Sie schlug die Küchentür zu und lief weinend in ihr Zimmer. Auch Eleonore würde keinen Bissen vom Hasenbraten essen, aber damit wollte sie es nicht bewenden lassen. Sie musste unbedingt dafür sorgen, dass Gustl nicht dasselbe Schicksal ereilte. Wer weiß, vielleicht wollten ihre Eltern sie an Ostern schlachten? Aber sie würde ihnen einen Strich durch die Rechnung machen. Darum ging sie am zweiten Weihnachtstag sehr früh in den Garten. Sie nahm Gustl unter den Arm und begab sich mit ihr auf die Felder der Friesenheimer Insel, die sich an die Gartenanlage anschlossen. Dort setzte sie ihre kleine vierbeinige Freundin in den Acker. Die zögerte ein wenig, dann hoppelte sie davon. Eleonore schaute ihr nach, bis sie verschwunden war. Sie lächelte, wenigstens ihre Freundin Gustl hatte sie vor ihren brutalen Eltern retten können.

Weihnachtsessen

Gerne erinnert sich Birgit an die Weihnachtsfeste ihrer Kindheit. „Wir wohnten nach 1960 in C8. Wir, das waren meine Eltern und wir vier Schwestern. Am Heiligabend kamen die Großeltern, die einen aus Heidelberg und die anderen aus Käfertal, zu uns. Eigentlich waren sich die Großeltern untereinander nicht ganz grün und konnten sich im Grunde nicht wirklich leiden. An Weihnachten aber nahmen sie sich zusammen.

Das Weihnachtsmahl fiel bei uns stets gleich aus. Es gab Grillhähnchen, die zwar so hießen, aber nur aus dem normalen Backofen kamen, dazu Pommes aus von meiner Mutter geschälten und geschnittenen Kartoffeln und Salat. Punkt 18 Uhr klingelte es und unsere Großeltern standen vor der Tür. Meine Mutter wurde aus der Küche geschickt. Die beiden Großväter übernahmen in vollendeter Eintracht das Kochlöffel-Kommando. Sie bereiteten die Hähnchen und die Pommes zu. Ich denke gerne an diese Zeiten zurück. Besonders an das friedvolle Zusammensein an Heiligabend, das, wie gesagt, unter dem Jahr leider nicht gegeben war. Was uns Kindern an Weihnachten besonders gefiel, war, dass wir länger aufbleiben durften. In der Nacht gingen wir alle zusammen in die Christmette in der Jesuitenkirche. In der Kirche war es ziemlich kalt und obwohl sie nicht weit von unserer Wohnung entfernt war, kamen wir um Mitternacht total durchgefroren nach Hause. Dort wartete die heiße Suppe auf uns, die unsere Mutter mittags gekocht hatte. Wenn ich heute daran zurückdenke, muss ich sagen, dass die Heiligabende meiner Kindheit die schönsten waren.“

„Bei mir zu Hause bereitete an Festtagen unser Vater den Braten zu. Die Gans für Heiligabend war sozusagen Chefsache“, beginnt Karin zu erzählen. „Er vermengte trockenes Brot, einen Apfel, Rosinen, Petersilie, Ei und Maroni zu einer leckeren Füllung. Dann schob er sie, weil wir keinen Gasherd hatten, in den Backofen unseres Kohleofens. ‚Da wird sie bis heute Abend vor sich hin schmoren‘, hatte er gemeint und seinen Wintermantel angezogen. Kurz darauf verließen wir alle die Wohnung, um auf dem Mannheimer Hauptfriedhof das Grab unserer Oma zu besuchen. Das taten wir seit ihrem Tod jedes Jahr.

An diesem Weihnachtsabend war es lausig kalt, und so freuten wir uns auf das Festmahl, das zu Hause auf uns wartete. Die Gans sollte um 19 Uhr gar sein. Unsere Mutter hatte zeitgleich Rotkraut und Knödel zubereitet. Als mein Vater die Gans anstach, stellte er fest, dass sie nicht gar war. Also flugs zurück in die Röhre! Um 21 Uhr machte er einen erneuten Versuch, mittlerweile war die Gans schon sechs Stunden im Rohr, aber sie war noch immer hart wie Stein. Um 22 Uhr war der Braten härter denn je. Alle begriffen, dass wir auf den Genuss der Gans verzichten mussten. Unser Weihnachtsessen würde vegetarisch sein. Meine Mutter zerlegte schließlich das Tier, um das Füllsel herauszukratzen. Das aßen wir zusammen mit dem Rotkraut, den Knödeln und der Soße, die nach den vielen Stunden des Einkochens das Beste von allem war. Die knochenharte Gans hingegen war ungenießbar und landete im Mülleimer.“

„Bei der Gelegenheit“, meint Karin lachend, „fällt mir ein Witz ein: Treffen sich zwei Nachbarinnen und unterhalten sich übers Kochen. Da meint die eine: ‚Also bei mir kommt ein Braten maximal eineinhalb Stunden in die Röhre.‘ Daraufhin meint die andere: ‚Das reicht mir nicht. Ich brate ihn eine Stunde auf der einen Seite und eine Stunde auf der anderen Seite. Danach übergieße ich ihn jede halbe Stunde mit Wein und lass ihn weiterschmoren. Nach fünf Stunden hole ich den Braten raus. Ihre Nachbarin schaut sie mit großen Augen an: ‚Aber ist das Fleisch danach nicht bockelhart? Das schmeckt doch gar nicht mehr.‘ ‚Macht nichts‘, erwidert die andere und winkt ab. ‚Das Fleisch werfe ich sowieso weg. Aber die Soße! Die ist eine Wucht! Die ist Weltklasse!‘“

Die richtige Zubereitung einer Weihnachtsgans ist wahrlich eine Leistung. „Meine Mutter nahm 1953 diese Herausforderung an“, berichtet Marie-Luise, „meine Eltern waren jung verheiratet und meine Mutter wollte für meinen Vater eine Weinachtsgans zubereiten. Diese gelang ihr gut. Das Problem war allerdings, dass eine Gans für zwei Personen recht groß war. Darum war der Verzehr derselben nur in mehreren Etappen zu schaffen. Somit stand auf dem Speiseplan meiner Eltern fünf Tage hintereinander nur Gans. Diese wurde aufgewärmt und in allen möglichen Variationen von Neuem aufgetischt. Für meinen Vater war es ein unvergessliches Erlebnis, was zur Folge hatte, dass er meine Mutter inständig bat, sie möge bitte in Zukunft auf das Zubereiten einer Gans verzichten. Sie hielt sich strikt daran. Solange ich denken kann, gab es bei uns an Heiligabend Würstchen mit Kartoffelsalat. Ich musste das so oft essen, dass ich es am Schluss nicht mehr sehen konnte.“ Marie-Luise lacht und meint verschmitzt: „Bei mir gibt es darum an Weihnachten immer eine knusprige Gans.“

Die letzte Kriegsweihnacht

Im Dezember 1944 verging kein Tag, an dem nicht mindestens einmal die Sirenen aufheulten. Und so hatte man sich schon frühzeitig darauf eingestellt, dass man Weihnachten in diesem Jahr mit höchster Wahrscheinlichkeit im Bunker verbringen würde. Einen Tag vor Weihnachten flogen die Amerikaner tagsüber drei Einsätze und Amelie und ihre Tochter Helena saßen über sieben Stunden im Hochbunker in der Neckarvorlandstraße.

„Die Yankees und die Tommies werden uns morgen das Weihnachtsfest versalzen“, meinte die „flotte Lotte“. „Darüber brauchen wir uns keine Illusionen zu machen!“ Die flotte Lotte, wie alle Lotte Jürgens nannten, und die anderen Hausbewohner der Beilstraße 22, die in Mannheim geblieben waren, hatten in den letzten Wochen versucht, gemeinsam im selben Raum des Hochbunkers unterzukommen. Man kannte sich und man hatte bereits zu Friedenszeiten in der Beilstraße unter einem Dach gewohnt. All das verband, schaffte Vertrautheit und machte die Situation ein bisschen erträglicher.

Frau Fischer begann zu schluchzen. „Ohne meinen Hubert wird das morgen sowieso kein Weihnachtsfest für mich. Wir haben immer zusammen Weihnachtslieder gesungen. Und dann haben sie ihn vor einem halben Jahr einfach abgeholt und in ein Heim für Behinderte gebracht.“ Frau Fischer schluchzte auf, „Er hat so schön gesungen, mein Bub.“

Frau Hartmann nahm ihre Nachbarin in den Arm. „Komm, Anni, unser Leben muss weitergehen. Was will ich erst sagen? Mir hat dieser verdammte Krieg alles genommen, was mir auf dieser Welt etwas bedeutete. Mein Otto ist in Norwegen im U-Boot jämmerlich ersoffen und meinen Horst hat es auf dem Flakturm zerfetzt. Er war gerade mal sechzehn und hatte noch sein ganzes Leben vor sich."

„Du hast ja recht, Sofie. Ich weiß nicht, wo du die Kraft hernimmst, das alles zu ertragen." Frau Fischer wischte sich mit dem Taschentuch das Gesicht ab.

„Ach, das täuscht, so stark bin ich gar nicht", erwiderte Frau Hartmann, „aber irgendwann hatte ich keine Tränen mehr."

„Ich will nichts mehr davon hören!", erhob Frau Schmidt die Stimme. „Jeder hat sein Päckchen zu tragen. Wenn wir hier herumsitzen und jammern, wird alles nur noch schlimmer. Ich bin der Meinung, wir sollten denen da oben ein Schnippchen schlagen. Lasst uns morgen im Bunker Weihnachten feiern. Jeder bringt etwas mit. Ich werde versuchen, einen kleinen Weihnachtsbaum aufzutreiben."

Obwohl einige sich zunächst erstaunt anblickten, freundeten sie sich nach und nach mit dem ungewöhnlichen Vorschlag an. Als es Entwarnung gab, war man sich einig, dass jeder beim ersten Alarm etwas mitbringen würde. Sie würden Heiligabend gemeinsam im Bunker verbringen. Als am 24. Dezember um 9.33 Uhr die ersten Sirenen ertönten, brachen sie auf. Als Amelie, Helena und Frau Schmidt mit dem kleinen Christbäumchen an den Räumen für Parteimitglieder vorbeikamen, streckten gerade Edelgard Schneyder und ihre Mutter die Köpfe heraus. Edelgard, natürlich in der BDM-Uniform, meinte: „Was soll denn dieser Firlefanz? Als ob wir keine anderen Sorgen hätten!"

„Die stellt an Heiligabend wahrscheinlich lieber eine braune Kerze vor das Bild des Führers und singt das Kurt-Wessel-Lied", flüsterte Amelie ihrer Tochter grinsend zu und konnte ihr damit sogar ein kleines Lächeln abringen. Helena trauerte um Ewald, ihren gefallenen Verlobten. Was ihren Vater anbelangte, hatte sie im Gegensatz zu ihrer Mutter die Hoffnung nicht aufgegeben, dass er zurückkehren würde. Amelie hatte keine Ahnung, woher Helena diese Zuversicht nahm.

Frau Schmidt hielt Wort und hatte tatsächlich einen kleinen Christbaum besorgt. Amelie hatte in der Nacht ein paar Hilda-Brötchen gebacken und ihr restliches Glas Mus aufgebraucht. Die alten Abeles hatten ihr letztes Glas Salzgurken aus dem Keller geholt. Allmählich gingen alle Vorräte zur Neige. Frau Hartmann hatte ein paar Eier gekocht und brachte ein kleines Päckchen Zwieback mit. Helena hatte ein paar Strohsterne gebastelt und in einer vergilbten Schachtel ein paar Fäden altes Lametta gefunden. Den wichtigsten Beitrag neben dem Weihnachtsbaum steuerte die „flotte Lotte“ bei. Für ihre regelmäßigen „Herrenbesuche“ hatte sie sich vor ein paar Jahren ein tragbares Koffergrammofon zugelegt. Das schleppte sie zusammen mit ein paar Schallplatten in den Bunker.

Nachdem kurz nach der Entwarnung um 10.58 Uhr, eine halbe Stunde später um 11.32 Uhr und danach um 13.16 Uhr erneut Alarm gegeben wurde, waren sich alle endgültig einig, dass sie den Bunker nicht mehr verlassen würden. Sie taten gut daran, denn über Weihnachten sollten insgesamt zwölf Mal die Sirenen heulen. Obwohl die Bombardierungen heftig waren, der Bunker wankte und der Lärm ohrenbetörend war, hatten sie von Mal zu Mal weniger Angst, so als würden sie sich daran gewöhnen. Vielleicht lag es an Weihnachten, dass sie sich an diesem Tag weniger fürchteten und sie dachten, wenn uns bis jetzt nichts widerfahren ist, warum sollte uns ausgerechnet an Weihnachten etwas passieren? Vermutlich waren es die Schallplatten, die Lotte Jürgens gegen Abend aufzulegen begann. Die Wiener Philharmoniker unter der Leitung von Karl Böhm spielten Weihnachtslieder und die Wiener Sängerknaben sangen.

Als Helena „Süßer die Glocken nie klingen“ hörte, füllten sich ihre Augen mit Tränen. Sie dachte an Gino und an Ewald. Bei „Oh, Tannenbaum“ begann Frau Fischer zu weinen. Mit welcher Inbrunst hatte Hubertchen dieses Lied unter dem Weihnachtsbaum gesungen. Als „Fröhliche Weihnacht überall“ erklang, dachte Frau Hartmann an ihren toten Sohn und ihren toten Mann. Alle verbanden sehr persönliche Erinnerungen mit den verschiedenen Weihnachtsliedern. Die Musik hatte weitere Menschen angelockt, die ebenfalls beschlossen, Weihnachten im Bunker zu verbringen. In Decken gehüllt, kamen sie aus benachbarten Räumen und lauschten andächtig der Musik. Einige traten ganz nahe heran und setzten sich auf eines der Betten, die sie kreisförmig um den kleinen Christbaum gestellt hatten. Helena hängte die letzten Strohsterne an den Baum und Frau Schmidt zündete die wenigen Kerzen an. Sie rückten enger zusammen, damit möglichst viele einen Platz finden konnten.

Etliche hatten ihre Bunkerstühlchen oder ein Stück Karton mitgebracht, das sie auf den kalten Betonboden legten, bevor sie sich darauf niederließen. Vereinzelt legten sie den Arm umeinander, wärmten sich oder hielten sich an den Händen. Manche wiegten sich nach der Melodie oder summten mit. Die einen lächelten melancholisch vor sich hin, während andere wie erstarrt, aber mit wachen Augen, der Musik lauschten. Niemand sprach.

Als zwischen zwei Alarmen plötzlich „Stille Nacht, heilige Nacht“ ertönte, begannen sie mitzusingen, erst leise, dann lauter. Plötzlich kamen mehr und mehr Menschen zu ihnen, sodass der Raum übervoll war. Die „flotte Lotte“ nahm die Grammofonnadel und setzte sie erneut an den Anfang des Liedes und gemeinsam sangen sie ein weiteres Mal „Stille Nacht, heilige Nacht".

Amelie und Helena saßen eng umschlungen nebeneinander und hatten sich eine wärmende Decke umgehängt. Beide blickten sie in das Licht der Kerze, das so viel Wärme und Zuversicht versprühte. Gleichzeitig war es ihnen schwer ums Herz. Immer noch strömten Menschen zu ihnen herein und stimmten ein. Während sie zum dritten Mal mit all den anderen „Stille Nacht, heilige Nacht" sangen, betrachtete Amelie den kleinen Weihnachtsbaum. In seiner armseligen, kargen Schönheit lag etwas unendlich Tröstendes.

aus: Nora Noé: Zwischen Jungbusch und Filsbach, Info-Verlag, Karlsruhe

Die Woinachdsgschischd

Die schönste Version der Weihnachtsgeschichte stammt zweifellos vom Evangelisten Lukas und darf in keiner Weihnachtsandacht fehlen.

In vielen Gemeinden werden Krippenspiele aufgeführt, in der Kinder das Ereignis um die Geburt von Jesus Christus nachspielen. „Ich war vor Jahren in Bayern bei einer solchen Aufführung", erzählt Wilma, „das Spiel der Kinder war unglaublich herzerwärmend und berührend. Leider sprachen sie breites Oberbayerisch und ich verstand rein gar nichts. Aber das war nicht schlimm, denn ich kenne den Inhalt."

Es scheint seit einigen Jahren einen Trend zu geben, nicht nur Krippenspiele, sondern auch die Weihnachtsgeschichte selbst in die unterschiedlichen Dialekte zu übertragen Mittlerweile gibt es unzählige Versionen vom gerade erwähnten Oberbayerisch über Berlinerisch bis Plattdeutsch. Wie populär Weihnachtsgeschichten in Dialektform sind, beweist die Tatsache, dass viele Printmedien sie in ihren Weihnachtsausgaben drucken, unter ihnen der Mannheimer Morgen. Der Südwestfunk widmete der Weihnachtsgeschichte 2021 eine ganze Radiosendung, in der das SWR-1-Team die Weihnachtsgeschichte auf Badisch, Kurpfälzisch und natürlich Monnemerisch las.

Die Mannheimer Autorin Kira Schmitz nahm sich des Themas mit großer Empathie an. Sie versuchte sich in ihrer Version in die Situation der schwangeren Maria kurz vor ihrer Niederkunft zu versetzen.

Uffm Weg nach Bethlehem – die anner Gschischd

„Sebbl, wie weid is'n des noch? Isch kann ball nimma hogge. Mein Schdeiß duud ma weh unn mei Sizzfleesch is halwa wund geriwwe vun dem Gschoggl. Der boggische Esel bleibd jo a allerith schdehn unn zobbd sisch die Bledder vum Griezeig ab.

Wenn isch des bloß vorher gewissd hedd! Was Bsunneres wär isch, ausgsuchd vun allerheggschder Schdell, hodds khese. Vun Schinnarei war domols nedd die Redd. Jezz dabbe ma do daagelang dursch die Weldgschischd, um in des Kaff zu kumme. Bloß weil der Borzel ausgereschend dord de erschde Sunneschdrahl oogugge soll. Wär ma bloß dehääm gebliwwe. Do kennd isch misch jezz uffm weesche Debbisch langschdregge, bisses soweid is.

Geb ma mol was zu dringge, Sebbl. Mein Hals is schun gans ausgederrd vun dem viele Schdaab. – Was soll'n des heeße: Bloß 'n Schlugg? Isch hab'n Dorschd, isch kennd uff ämol de gsamde Beidl leer mache.

Wie kamma bloß uff so e' varriggdi Idee kumme, dass die Leid all dohi misse, wo ihr Alde mol herkumme sinn, bloß um sisch zehle zu losse. Damid dene jo känna dursch die Labbe gehd beim Schdeia oidreiwe.

Wenn isch ma des so iwwaleg, dass dein Urahn friea in dem Flegge mol die Schof khiehd hodd. Der hodd sisch jo gans schää rausgemachd. Ob der in meim Bauch aa mol so e'n Groß a werd? Damidd sischs iwwahaubd lohnd, dass isch ma jezz die gans Quelerei ooduu? Du hosch doch gsachd, dass eia gans bugglisch Vawandschaffd oorigge muss. Die sinn wahrscheins all schun friea los, weil ma kenna mehr siehd unnawegs. Bis mir hikumme, sinn beschdimmd die beschde Plezz in de' Herberg schun ford. Hoffendlisch grigge ma wennigschdens noch ä klääni Kamma fer uns.

Endlisch! Gugge mol! Isch mään do vorne siehd ma die erschde Hidde.

O, oooh Mann, isch glaab, ‚s gehd ball los. Do is e Herbergsschild. Jezz mach schun, geh nei unn frog de Werd, obba noch was frei hodd.

Der Mann hodd e Gemiedsruh wie'n Aggergaul. Erschd wollda sisch jo vadinnisiern, wie sisch de Nochwux ogekindischd hodd. Awwa dann hodda im Traum de Levidde gelese griggd.

Was issn? Alles voll? Unn jezz? Mach schun! Weida zum Neggschde!

Was? Aa nix? Probiers mol do driwwe. –Himmel, loss was frei sei in derre Hidd!

Was machsch'n ferr e' Gsischd? Widda nix? Es werd schun feischd zwische de Bää.

Was saggsch? Heggschdens im Schdall bei de Viescha? – Egal. Helf ma runna! Besser als nix. Isch schbier schun faschd de Kobb.

Warum in aller Weld hawwisch misch bloß uff die Sach oigelosse?"

Ob Maria sich diese Frage wirklich gestellt hat, wissen wir nicht. Aber es wäre durchaus vorstellbar angesichts der Umstände, die die jungfräuliche Geburt mit sich brachte. Schließlich ist diese einmalig in der Geschichte.

Für Maria muss es auf jeden Fall eine Herausforderung gewesen sein, ihrem Josef klarzumachen, dass sie ein Kind vom lieben Gott bekommt. „Der Josef muss seine Maria wohl sehr geliebt haben", gibt Werner beim Lesen des Textes amüsiert zu bedenken, „sonst hätte er nicht so gelassen auf die frohe Botschaft reagiert." Kira Schmitz scheint das ähnlich zu empfinden, sonst würde sie den Josef in ihrer Version der Weihnachtsgeschichte nicht so entspannt auftreten lassen. Diesen Josef konnte nach Marias Offenbarung wohl nichts mehr erschüttern.

Zweifellos ist es eine durch und durch menschliche Darstellung voller Dramatik mit einer eloquenten Maria in der Hauptrolle und einem Josef in der Nebenrolle, einer Rolle, die ihm der Regisseur im Himmel zugedacht hatte. Dialekt hin oder her. Amen!

Weihnachtliche Rutschpartie

Bedauerlicherweise war ich als Kind im wahrsten Sinne des Wortes recht schwach auf der Brust. Es war nichts Außergewöhnliches, dass ich in den Wintermonaten mit einem schlimmen Husten „auf der Nase lag“, wie man so schön sagt. Meine Mutter verwandelte das alte Sofa in unserer Wohnküche in ein Krankenbett. Hier hatte sie mich unter Kontrolle, denn unser Familienleben spielte sich in dieser Wohnküche ab, dem einzigen Raum, in dem ein Ofen stand.

Es war ungefähr Mitte der 50er-Jahre, als es mich mal wieder erwischt hatte. Unglücklicherweise hatte ich mir einen äußerst ungünstigen Termin ausgesucht, denn es war drei Tage vor Heiligabend. Dick eingemummelt und mit kalten, fiebersenkenden Wickeln um die Waden lag ich auf dem Sofa. Meine Mutter rieb mich abwechselnd mit Wick VapoRub und Gänsefett ein, deren Gerüche sich in ungünstiger Art und Weise vermischten. Wenn ich zu husten begann, flößte mir meine Mutter löffelweise gekochten Zwiebelsaft mit Kandiszucker ein. Das Aroma dieses Gebräus rundete die bereits bestehende Duftwolke vollendet ab. Es roch nach allem, bloß nicht nach Weihnachten.

Aber meine Eltern ließen sich davon nicht beirren. Sie würden trotzdem Heiligabend mit mir und den Großeltern feiern. Es sollte genauso sein wie jedes Jahr, mit allem, was zu Weihnachten gehörte. Dazu gehörte vor allem ein Christbaum. Der war unverzichtbar, obwohl durch das improvisierte Krankenbett für den Baum in der kleinen Küche kaum Platz war. Die einzige Ecke, wo man ihn hinstellen konnte, war am Fußende des Sofas. Mein Vater zwängte dort einen Schemel hinein, steckte zwischen die Schrauben des grün lackierten gusseisernen Ständers den kleinen Stamm und stabilisierte ihn mit kleinen Holzstückchen, bis er kerzengerade stand. Schließlich befestigte er die silberne Spitze. Für alles andere war meine Mutter zuständig. Sie verteilte die glänzenden bunten Weihnachtskugeln, hängte Streifen des aus dem Vorjahr sorgsam aufbewahrten Lamettas über die äußeren Äste und verteilte die Kerzenhalter mit den roten Kerzen am Baum. Dabei achtete sie akribisch darauf, dass keine Äste oder gar Lametta-Fäden über den Kerzen hingen. Ich beobachtete sie von meinem Krankenbett aus und hätte Mama so gerne geholfen, aber unser Hausarzt Dr. Dürr hatte mir strengste Bettruhe verordnet. Als der Baum fertig geschmückt war, stellte mein Vater das Prachtstück auf den Schemel am Fußende meines Sofas.

Heiligabend kam. Was in Mannheim niemand zu hoffen gewagt hatte, war eingetreten. Es hatte tatsächlich am Tag zuvor heftig geschneit. Endlich hatten wir mal wieder eine weiße Weihnacht! Draußen war es eisig kalt. Meine Eltern hatten gut eingeheizt, schließlich war Heiligabend, da sollte niemand frieren. Bevor mein Großvater sich an den Tisch setzte, ging er zu dem Weihnachtsbaum in der Ecke, um die Kerzen anzuzünden. Da er ein großer, stattlicher Mann war, tat er sich schwer damit, an den Baum in der engen Ecke heranzukommen. Er musste sich weit nach vorne strecken. Und da geschah es. Er blieb an einem der Äste hängen. Der Christbaum geriet ins Schwanken und fiel um. Er landete direkt auf meiner Bettdecke. Meine Großmutter und meine Mutter schrien auf vor Schreck. Aber Gott sei Dank waren die Kerzen noch nicht angezündet, und so kam ich auf meinem Krankenlager mit dem Schrecken davon.

Mein Vater richtete den Baum wieder auf und meine Mutter sammelte den Weihnachtsschmuck, der verstreut über mir und am Boden lag, zusammen. Mein Vater schlug einen Haken in die Wand und band den Christbaum mit einer Schnur fest. Das war nicht unbedingt dekorativ, aber was tut man nicht alles für die Sicherheit. Als sich alle von ihrem Schrecken erholt hatten, setzten sie sich um den Tisch, der direkt vor meinem Krankenbett stand. Jetzt konnte der angenehme Teil des Abends beginnen. Sie aßen russische Eier, die meine Mutter wie stets am Heiligabend zubereitet hatte, und tranken Kellergeister. Der Perlwein war süffig und darüber hinaus preiswert. Später würde es Glühwein geben. Mein Vater hatte unser Radiogerät eingeschaltet. Wie jedes Jahr hatte er den Sender eingeschaltet, der weihnachtliches Glockengeläut aus den bekanntesten Gotteshäusern Deutschlands übertrug. Wir lauschten still und andächtig. Was für ein festlicher Moment! Jetzt war Weihnachten.

Anschließend wurden die schönsten deutschen Weihnachtslieder gespielt. Ich bekam das alles nur am Rande mit, denn mein Zustand verschlechterte sich im Laufe des Abends. Meine Mutter erzählte mir später, dass ich irgendwann einen hochroten Kopf hatte. Nachdem sie das Fieberthermometer geholt und gemessen hatte, blickte sie erschrocken auf die Skala. Ich hatte fast 40 Grad Fieber. „Wir müssen Doktor Dürr holen. Ich weiß, dass er über Weihnachten Dienst hat. Er hat mir gesagt, er würde jederzeit kommen, wenn es unserer Kleinen schlechter ginge“, erklärte sie meinem Vater besorgt. Der rannte zu der Hauswirtin im 2. Stock und bat sie, ihr Telefon benutzen zu dürfen, da wir keines besaßen.

Bereits eine halbe Stunde später klingelte es und Dr. Dürr stand vor der Tür. Er schüttelte die Schneeflocken von seiner Jacke und streifte seine Schuhe gründlich ab. Er seufzte kurz und meinte lächelnd: „So schön der Schnee ist, aber ich hätte ihn nicht gebraucht. Gerade hat es wieder zu schneien angefangen. Da kommt ganz schön was runter und das bleibt sogar liegen. Das war eine schöne Rutschpartie hierher, kann ich Ihnen sagen. Die Reifen meines Volkswagens sind für solche Straßenverhältnisse wirklich nicht gedacht.“

Der kleine, korpulente Arzt ließ sich in die Wohnküche führen und widmete sich seiner Patientin. Er hörte mich ab und gab schließlich Entwarnung. „Ich werde ihr eine Spritze geben. Die wird das Fieber senken. Ich denke, die Kleine wird erst einmal tief schlafen. Machen Sie sich keine Sorgen, morgen wird es ihr schon besser gehen“, beruhigte er meine Eltern und Großeltern. Er gab meiner Mutter Tabletten, die sie mir ab dem nächsten Tag geben sollte. Dann setzte sich Dr. Dürr an den Küchentisch.

„Dürfen wir Ihnen etwas anbieten?“, fragte meine Mutter. Sie alle mochten Dr. Dürr. Er war kein attraktiver Mann. Er war klein und korpulent und hatte eine Glatze, die nur noch von einem dünnen, dunklen Haarkranz umrahmt war. Er war jedoch ausgesprochen sympathisch. Seine braunen, ausdrucksvollen Augen waren trotz der dicken Brillengläser deutlich zu sehen. Sein freundliches Lächeln und seine gewinnende Art flößten Vertrauen ein.

Dr. Dürr war nicht abgeneigt und nahm die Einladung gerne an. Genüsslich verzehrte er die restlichen russischen Eier. Als mein Vater ihm einen Glühwein anbot, nahm er den sehr gerne an. Da es nicht bei dem einen Glas blieb, befanden sich bald alle in weinseliger Stimmung. Sie stießen miteinander an, prosteten sich zu, machten Witze, lachten viel und gossen wieder Wein nach. Dr. Dürr bewies beträchtliches Sitzfleisch. Aber das störte meine Familie nicht, denn er war nicht nur ein fähiger Arzt, sondern auch ein überaus humorvoller Mensch und sehr unterhaltsam.

Es war lange nach Mitternacht, als Dr. Dürr sich berauscht und gut gelaunt von meinen Eltern und Großeltern verabschiedete. Er wankte nicht wenig, als er die Treppe hinabstieg.

Meine Eltern gingen an ihr Schlafzimmerfenster und schauten hinunter auf die Straße. Sie machten sich ernsthaft Sorgen um Dr. Dürrs Fahrtüchtigkeit. Sie beobachteten, wie er durch den Schnee stapfte und zu seinem Volkswagen torkelte. Leider hatte sich ein DKW hinter ihm in die Parklücke gequetscht. Er musste mehrfach hin und her rangieren, bis er schließlich herausfahren konnte.

Meine Eltern traf fast der Schlag, als er losfuhr. Mein Vater rannte die Treppe hinunter und hinaus auf die Straße. Er lief dem Volkswagen hinterher und winkte Dr. Dürr heftig zu: „Halten Sie an! Um Himmels Willen, halten Sie an!“ Der Arzt bremste, brachte den Wagen zum Stehen und kurbelte sein Fenster runter: „Was ist denn los? Habe ich was vergessen?“, fragte er meinen Vater arglos. „Herr Doktor, schauen Sie mal zurück, was da hinten an Ihrem Auto hängt! Haben Sie das nicht bemerkt?“ Gemächlich drehte sich Dr. Dürr um. Dann lachte er lauthals und schüttelte den Kopf: „Jetzt habe ich tatsächlich einen Anhänger.“ Mein Vater fand das nicht komisch, denn an der Stoßstange des Volkswagens hing nicht nur die Stoßstange des DKWs, sondern der ganze Wagen. Augenscheinlich hatten sich beim Hin-und-her-Rangieren die beiden Stoßstangen ineinander verkeilt. Dr. Dürr hatte den DKW nicht nur aus der Parklücke, sondern sogar einige Meter auf dem Luisenring hinter sich her gezogen. „Am besten, Sie fahren gleich rechts ran. Mein Schwiegervater und ich helfen ihnen, das andere Auto auszuhängen, und wir schieben es zurück an den Straßenrand. Beeilen Sie sich, bevor die Polizei das mitkriegt!“ drängte mein Vater.

„Immer mit der Ruhe!“, meinte Dr. Dürr lachend und fuhr fort, „keine Sorge, mir passiert nichts. Schließlich bin ich Polizeiarzt. Die Jungs auf der Wache kennen mich alle. Vor denen bin ich sicher, da würde mir keiner Probleme machen. Und schon gar nicht an Weihnachten!“

Gedanken zur Weihnachtszeit

Die Mannheimer Autorin Heidi Geiberger hat in ihren Gedichtbänden mehrere Texte zum Thema Weihnachten verfasst. Im nachfolgenden Gedicht schildert sie, was sie in der Vorweihnachtszeit bewegt. Es sind Gedanken, die sicher dem ein oder anderen einmal durch den Kopf gegangen sind. Es ist vor allem die Sehnsucht nach Frieden, die uns besonders an Weihnachten erfüllt.

Dieses Jahr nahm ich mir vor,
keine Weihnacht mit Dekor,
keine Weihnachtsgrüße senden,
das ist Zeit- und Geldverschwenden.
Aber plötzlich über Nacht,
hab ich umgekehrt gedacht.

Auch dieses Jahr will ich mitnichten,
auf einen Gruß an euch verzichten.
Die Weihnacht bringt nicht nur Geschenke.
Ich nehm' sie wahr, weil ich dran denke,
was mein Herz so sehr begehrt,
dass Frieden auf der Welt einkehrt.

Erst wenn überall herrscht Frieden,
ist der Menschheit Glück beschieden.
Woran voll Zuversicht man denkt,
wird uns auch irgendwann geschenkt.
Wir sollten nicht nur an ihn denken,
sondern uns gleich selbst beschenken,

indem wir heut' und nicht erst morgen
im kleinen Kreis für Frieden sorgen.

Happy X-mas

„War is over now“, heißt es in einer Zeile des Weihnachtslieds von John Lennon und Yoko Ono. Sie schrieben es 1971, waren angesichts des Vietnam-Kriegs erfüllt von der tiefen Sehnsucht nach einer friedlicheren Welt, in der sich ehemalige Feinde die Hand reichen. In Deutschland wurde dies einige Jahre nach Ende des Zweiten Weltkriegs Wirklichkeit.

Es gibt unzählige Beispiele dafür, dass bereits ab den späten 40er-Jahren für Waisenkinder und bedürftige Kinder Weihnachtsfeiern in den amerikanischen Kasernen stattfanden und die Kleinen beschenkt wurden. Das war zum einen eine Versöhnungsgeste, zum anderen ein Beitrag zur Demokratisierung der deutschen Jugend. Später gab es ähnliche Veranstaltungen für mittellose Familien und Bewohner von Altersheimen.

In den 70er-Jahren wandte sich das US-Hauptquartier in Heidelberg mit der Bitte an deutsche Familien, sie möchten einen oder mehrere amerikanische Soldaten zu Weihnachten einladen. Diese müssten ansonsten Heiligabend allein in der Kaserne verbringen. An allen US-Standorten gab es Appelle in der örtlichen Presse.

Es war kurz vor Weihnachten 1973, als Mariannes Eltern einen solchen Aufruf des Amerikanischen Verbindungsbüros im Mannheimer Morgen lasen. Marianne war begeistert von der Idee, einen GI einzuladen. An ihm würde sie ihr Schulenglisch erproben können. Ihre Eltern meldeten sich bei der Tageszeitung und am 23. Dezember erhielten sie ein offizielles Schreiben.

Darin wurde ihnen mitgeteilt, dass ihr Gast am 24. Dezember um 12 Uhr am Tor der Spinelli-Barracks auf sie warten würde. Marianne sieht noch heute den jungen, dunkelhäutigen Mann vor sich, der nervös an einem kleinen Blumenstrauß nestelt. „Er war sehr zurückhaltend, übergab schüchtern meiner Mutter die Blumen und stellte sich vor. Wir verstanden uns mit Randolph vom ersten Augenblick an und freuten uns, mit einem so sympathischen Gast Weihnachten zu feiern. Als wir kurz darauf mit ihm in Feudenheim aus dem Auto stiegen, spürten wir allerdings die Blicke hinter den Gardinen in unserer Nachbarschaft. Die schienen unsere Begeisterung nicht unbedingt zu teilen. Aber das ließ uns kalt. Wir verbrachten einen wunderschönen Abend mit Randolph. Er genoss die Würstchen mit Kartoffelsalat und wir unterhielten uns angeregt während des Weihnachtsessens. Allerdings waren die Gespräche manchmal ein wenig holprig, denn unser Gast sprach nur ein paar Brocken Deutsch und mit meinem Schulenglisch war es leider auch nicht so weit her.

Später gingen wir mit ihm in die evangelische Johanneskirche. Randolph war mittlerweile etwas aufgetaut. Der Rumtopf, den meine Mutter das ganze Jahr über angesetzt hatte und dem er sich den ganzen Abend sehr zugetan fühlte, zeigte allmählich seine Wirkung. Jedenfalls verkündete Randolph deutlich vernehmbar, dass er römisch-katholisch sei. Ein Statement, das an diesem Ort nicht bei allen gut ankam. Die anderen Besucher schauten irritiert zu uns herüber und musterten Randolph von oben bis unten. Als der während des Gottesdienstes jedes Weihnachtslied lautstark aus dem Kirchengesangbuch mitsang, drehten sich einige missbilligend zu uns um. Manche schüttelten entrüstet den Kopf. Aber uns war das so was von egal! Wir würden im nächsten Jahr wieder einen GI einladen, egal welche Hautfarbe und welche Konfession er haben würde.“

Eine ganz andere Geschichte erlebten Ellen und Siegfried mit einem amerikanischen Soldaten. Siegfrieds Mutter war 1942 den Nationalsozialisten zum Opfer gefallen. Das war sicher einer der Gründe, warum die Amerikaner ihn unmittelbar nach der Kapitulation in den Sullivan-Barracks in Käfertal einstellten. Er lernte sogleich ein wenig Englisch, freundete sich mit einigen amerikanischen Soldaten an und wurde von allen geachtet. Sein bester Freund war der kleine dunkelhäutige Richard, den alle nur Dickerle nannten, weil er kugelrund war. Er aß leidenschaftlich gern und die deutsche Küche hatte es ihm besonders angetan. Bald ging er bei Siegfried und seiner Frau ein und aus. Aus diesem Grund beschlossen die beiden, ihren Freund am ersten Weihnachtstag zu Kaffee und Kuchen einzuladen. Siegfried bat seine Frau, ihren köstlichen Frankfurter Kranz zu backen, was sie gerne tat. Weihnachtlich schmückte sie den Kaffeetisch, legte ihre schönste Tischdecke auf und holte ihr bestes Kaffeeservice aus der Vitrine des Küchenschranks. Pünktlich um vier Uhr nachmittags stand Dickerle vor der Tür. Eine Viertelstunde später saßen alle am gedeckten Tisch.

Der kleine Amerikaner hatte ein sonniges Gemüt. Er war fast immer guter Laune, insbesondere, wenn er etwas Gutes zu essen bekam. Ellen schenkte allen Kaffee ein. Dickerle bestaunte den Kuchen mit den großen roten Kirschen. Nach einer Weile fragte er interessiert, was das denn für ein Kuchen sei. Der sehe so lecker aus. Ellen erklärte ihm, es sei ein Frankfurter Kranz. Als sie dies sagte, bemerkte sie, wie er plötzlich stutzte und skeptisch den Kuchen betrachtete. Als sie den Kuchen anschnitt und ihm ein Stück auf den Teller legen wollte, wehrte er heftig ab. „Please, not for me!“. Er legte seine Hände quer über seinen Teller, eine deutliche Geste. Ellen war enttäuscht, sie hatte sich so viel Mühe gemacht. Aber Dickerle würde schon seine Gründe haben. Vielleicht vertrug er keine Buttercreme? Beherzt schnitt sie ein großes Stück von dem Kuchen ab und reichte es ihrem Mann. In diesem Augenblick beugte sich Dickerle nach vorne und schaute sich den Kuchen genauer an. Erstaunt blickte er zu Ellen: „And where are the sausages? Where are the Frankfurter?“, fragte er sie.

Da Siegfrieds Frau kein Englisch konnte, schaute sie ihren Mann fragend an. Der brach in schallendes Gelächter aus, was Dickerle und Ellen noch mehr verunsicherte. Nach einer Weile gelang es Siegfried, sich ein wenig zu beruhigen. Er meinte grinsend zu seinem amerikanischen Freund: „Da sind keine Frankfurter Würstchen drin. Das ist ein ganz normaler Kuchen aus Mehl, Eiern und Zucker mit einer Buttercreme. Er ist eine Spezialität aus Frankfurt.“ Nun begriff Ellen, dass Dickerle glaubte, in dem Kuchen wären Frankfurter Würstchen. Auch sie konnte sich das Lachen nicht verkneifen.

Und was tat Dickerle? Der strahlte seine Freunde an und hielt Ellen erwartungsvoll seinen Teller entgegen. Das tat er nicht nur einmal an diesem Nachmittag. Frankfurter Kranz war ab diesem Tag sein Lieblingskuchen, den er sich in den folgenden Jahren stets zu Weihnachten wünschte.

Das vermisste Weihnachtsgeschenk

„In der Zeit, in der wir eine achtköpfige Familie waren, bestehend aus meinen Eltern, meiner Oma, Onkel Wilhelm und meinen drei jüngeren Geschwistern, wurde Weihnachten bei uns in der Langstraße in der Neckarstadt West gefeiert“, beginnt Heidemarie zu erzählen und fährt fort, „eigentlich fiel das Weihnachtsfest immer gleich aus. Das jährliche Ritual bestand darin, dass die Eltern den Baum schmückten und keines der Kinder das Wohnzimmer betreten durfte. Den letzten Glanz erhielt der Christbaum von unserem Vater, der das im Vorjahr akribisch abgenommene und säuberlich verwahrte Lametta nun wieder auf die bereits mit Glocken und Kerzen geschmückten Zweige hängte. Währendessen bereitete unsere Mutter in der Küche bereits den Kartoffelsalat zu und versenkte eine überlange Kette von Cervelat-Würstchen in dem großen Kessel.

Nun ist es so, dass es neben der Fastenzeit zwischen Aschermittwoch und Ostern nach christlichem Glauben eine zweite zwischen dem Martinstag und dem Ersten Weihnachtsfeiertag gibt. Nur Ungläubige (wie wir) durften sich somit am Heiligabend der Völlerei hingeben. Fastenzeit hin oder her, uns Kindern schmeckten die Würste vorzüglich. Wir aßen sie regelrecht um die Wette. Nur unsere fromme Oma, die den Genuss der Würste niemals mit ihrem Glauben hätte vereinbaren können, beteiligte sich nicht daran. Sie saß still neben uns und verkniff sich Gott sei Dank jeglichen Kommentar. Das Fasten fiel Oma an diesem

Abend nicht schwer, denn ihr war sowieso der Appetit vergangen. Sie hatte nämlich das Geschenk für uns nicht wiedergefunden. Sie konnte sich partout nicht erinnern, wo sie es versteckt hatte.

Nach dem Essen wurden die Kerzen am Weihnachtsbaum angezündet und feierlich die Geschenke übergeben. Oma war untröstlich, weil sie mit leeren Händen dastand. Da sie eine liebe Oma war, sahen wir ihr ihre Vergesslichkeit nach.

Nach der Bescherung wurden Bänder mit Weihnachtsliedern in das Tefifon eingelegt. Alle sangen kräftig mit. Nur mein Vater stimmte nicht mit ein, obwohl er Mitglied im Werkschor der MVV und im Gesangverein Eintracht 1863 war. Bei Weihnachtsliedern hatte er nämlich nahe am Wasser gebaut. Woran dies genau lag, habe nicht einmal ich als ältestes seiner Kinder je herausfinden können. Der Schmerz muss so tief gesessen haben, dass er noch viele Jahre später, wenn mein Mann und ich ihn zu Weihnachten einluden, meinte, er käme nur, wenn wir keine Weihnachtsplatten auflegten.

Das verschwundene Weihnachtsgeschenk unserer Oma tauchte übrigens ein paar Monate später wieder auf. Als an Ostern ein Familienfest anstand, bat meine Mutter mich, weil sie sich so schlecht bücken konnte, ihr einen großen Kochtopf ganz unten aus dem Küchenschrank herauszuholen. Als wir den Deckel abnahmen, mussten wir beide herzlich lachen, denn darin befand sich ein großer runder Ball. Es war Omas verschwundenes Weihnachtsgeschenk.

Der Ball war eigentlich ein sehr cleveres Geschenk, mit dem sie vier Kinder gleichzeitig glücklich machen konnte. Dass es jetzt erst wieder aufgetaucht war, hatte auch etwas Gutes, denn nun hatte sie gleich ein Ostergeschenk für uns alle.

Winterlichter

Im letzten Winter erstrahlte der Obere Luisenpark nun schon zum 7. Mal in farbigem Licht. 2015 durften sich die Mannheimer zum ersten Mal daran erfreuen. Aber nicht nur den Mannheimern ist es vergönnt, einen künstlerisch beleuchteten Park zu genießen. Winterlichter erhellen die dunklen Januarnächte mittlerweile vielerorts, von Hamburg über Frankfurt bis hin zur Insel Mainau. Nicht nur in Deutschland, sondern auch in anderen europäischen Städten wie London, Paris, Barcelona und Rom kann man die Lichtprojekte bewundern. Meist werden Parks und Sehenswürdigkeiten wie Schlösser, Burgen, Kirchen, Brücken oder Marktplätze mit farbigen Lampen angestrahlt, mitunter sogar die gesamte historische Altstadt.

Übrigens werden über die langen Wintermonate hinweg in vielen nördlichen Ländern, insbesondere in Kanada, die Metropolen seit vielen Jahren prächtig illuminiert. In diesem Zusammenhang stellt sich die Frage, warum gerade Menschen, die ihr Zuhause auf der Nordhalbkugel haben, von diesen Lichtspielereien so fasziniert sind. Wahrscheinlich ist es die monatelange Lichtarmut, die vielen zu schaffen macht. Sie sind froh über alles, was diese völlige Dunkelheit erhellt. Die Tatsache, dass die Selbstmordrate in den nordischen Ländern, in denen es fast die Hälfte des Jahres dunkel ist, weltweit mit die höchste ist, zeigt wie abhängig die menschliche Psyche vom Licht ist.

Doch zurück zu unserer Stadt! In diesem Jahr besuchten fast 70.000 Mannheimer die Winterlichter. Das ist eine Rekordzahl, die aber nicht verwundert. Tina und ihr 11-jähriger Sohn Jaron kamen bisher in jedem Jahr zu den Winterlichtern. „Wir sind zwar von außerhalb“, meint Tina, „aber die Winterlichter haben wir uns nie entgehen lassen. Wir konnten es kaum erwarten, bis sie in diesem Jahr endlich wieder leuchten. Erst fielen sie 2021 und 2022 wegen Corona aus und 2023 fielen sie den Vorbereitungen für die Bundesgartenschau im Luisenpark zum Opfer. Das war echt schade!“ Nach so langer Abstinenz war der Andrang verständlicherweise enorm.

„Die Winterlichter 2024 waren wieder faszinierend. Sie boten Tausende Lichtquellen, die zumeist mit Solarenergie gespeist wurden“, schwärmt Jan, der eine Dauerkarte für den Luisenpark gekauft hat und diese so oft wie möglich nutzt. Er ist ein wahrer Technikfreak. Ihn begeisterten besonders die Installationen des Lichtkünstlers Wolfgang Flammersfeld und des Lichtpoeten Rouven Bönisch. Bäume, Sträucher, die Wasseroberfläche des Kutzenweihers und vieles mehr erstrahlen aus dem Dunkel des abendlichen Luisenparks. „Ich liebe es, durch die teils verschlungenen Wege des Parks zu schlendern. Da herrscht eine einzigartige Atmosphäre. Die für die Bundesgartenschau umgestaltete Parkmitte und die Freiflächen, die die beiden Künstler kreativ gestaltet haben, gefielen mir sehr gut. Hinter jeder Ecke wartete eine Überraschung. Egal, ob das mannshohe farbige Dominosteine oder in der Luft schwebende gelbe Gießkannen waren, aus denen sich ein Lichtstrahl an Stelle von Wasser ergoss. Die Künstler haben sich wirklich was einfallen lassen.“

„Mir haben die leuchtenden Delfine gefallen, die mit Musik aus dem Weiher sprangen“, unterbricht Jaron seine Mutter, „und natürlich die Monster.“ – „Monster?“ Seine Mutter schaut ihn fragend an. „Na, die grün angeleuchteten, großgewachsenen Wesen, wie die, die im Film Avatar vorkommen. Oder die roten Monster mit den glühenden Augen, die einen plötzlich aus irgendeinem Busch anstarren. Das ist schon spooky.“ Manche Skulpturen mag der ein oder andere tatsächlich gruselig empfunden haben, insbesondere, wenn diese unheimliche Laute von sich gaben. Die Zauberwelt, die sich bei den Winterlichtern entfaltet, ist beeindruckend. Wer gerne fotografiert, findet Motive im Überfluss. Man muss bei der Vielzahl der Eindrücke aufpassen, dass einem die Fantasie nicht durchgeht. Sonst kann es passieren, dass Baumrinden und -stämme sowie Blätter und Steine sich in unheimliche Gestalten verwandeln, Äste zu Fangarmen werden und plötzlich überall mystische Gesichter zu erkennen sind, deren Augen einen verfolgen.

Bei den meisten überwiegt das freudige Staunen darüber, was Licht und Farbe alles zustande bringen können. „Wir freuen uns, dass neben den vielfältigen visuellen Eindrücken auch unser leibliches Wohl nicht zu kurz kommt“, erklärt Tina. „Bevor ich mich mit meinem Sohn auf den Heimweg mache, kehren wir stets im Winterdorf ein. Das ist ein Muss!“

„Die großen Fässer mit ihren Tischen und Bänken sind klasse“, meint Jaron, „und wenn Mama mir noch Pommes und eine Curry-Wurst spendiert ...“ Er lacht seine Mutter an. „Die hast du dir wirklich verdient“, antwortet sie, „denn meistens sind wir am Schluss ziemlich durchgefroren. Aber das ist es uns allemal wert. Ich genehmige mir einen Glühwein, lasse die Eindrücke ein wenig nachwirken und weiß schon jetzt, dass wir nächstes Jahr wiederkommen.“

Gute Vorsätze

Am 31. Dezember neigen nicht wenige Menschen dazu, Bilanz zu ziehen. Sie erinnern sich an vieles, was im zu Ende gehenden Jahr schön, bereichernd, positiv und erfreulich, eben ganz besonders war. Aber alles, was misslang, traurig und niederschmetternd war, zieht ebenfalls in Gedanken vorbei. Manche werden sagen „Es war das schönste Jahr meines Lebens“, wenn sie ihrem Traumpartner begegnet sind, ihr heiß ersehntes Kind gesund zur Welt brachten, ihr Wunschjob Wirklichkeit wurde oder sie ihre Prüfung bestanden haben. Für andere wird es das traurigste ihres Lebens sein, weil sie eine schlimme Diagnose bekamen, schwer erkrankten oder einen geliebten Menschen verloren haben.

Es sind nicht nur die großen Ereignisse, die sich in unserer Jahresbilanz wiederfinden. Manchmal sind es eine Vielzahl von hellen und dunklen Mosaiksteinchen, die unsere Einschätzung, ob es ein gutes oder schlechtes Jahr war, bestimmen. Blickt man auf all seine Lebensjahre zurück, stellt man fest, dass viele große Erinnerungslücken klaffen. Sie zerfließen in eine bunte und zugleich monochrome Melange. Die dramatischen Jahre, im Positiven wie im Negativen, sind es, die uns im Gedächtnis bleiben.

Am Jahresende fragen wir uns meist, wo die Reise im neuen Jahr hingehen wird. Manches haben wir bereits fest eingeplant. Die Konzerttickets für den Rosengarten sind gekauft, das Nebenzimmer für die Konfirmationsfeier im „Maruba“ ist reserviert und der Kurs in der Mannheimer Abendakademie gebucht. Darüber hinaus nehmen wir uns jede Menge vor. Wir planen, mehr Sport zu machen, gesünder zu essen, weniger Alkohol zu trinken und mit dem Rauchen aufzuhören. Bloß wie? Kalter Entzug? Kaugummis? Elektrozigaretten? Akupunktur? Vielleicht sogar Hypnose? Und schließlich wollen wir abnehmen. Doch wie wollen wir das anstellen bei der Vielzahl von Diätkonzepten? Was tun, damit der Jo-Jo-Effekt ausbleibt? Auf Kohlenhydrate verzichten, Trennkostregeln beachten, Punkte zählen oder gleich Kalorien? Intervallfasten? Vielleicht könnte man die verschiedenen Diäten miteinander kombinieren? Keine neue Idee, denn das tun wir sowieso. Bleibt anscheinend nur FdH. Da ist allerdings die schlechte Laune vorprogrammiert.

Es gibt unendlich viel, was wir uns an Silvester vornehmen. Meistens scheitern wir bereits nach wenigen Tagen oder Wochen und werfen all unsere guten Vorsätze über Bord. Das ist nicht schlimm, denn das nächste Silvester kommt bestimmt. Da können wir es noch mal versuchen. Oder wir lassen es künftig ganz sein und beschließen: „Dess Johr nemme mer uns nix vor!“ – Na denn: Prosit Neujahr!

Weitere Bücher aus der Region

Mannheim – Geschichten und Anekdoten
Weeschd, wie isch mään?
Nora Noé
80 Seiten, schw./w. Fotos
ISBN 978-3-8313-3571-8

Kurpfalz – Die Gerichte unserer Kindheit
Rezepte und Geschichten
Susanne Fiek
128 Seiten, zahlr. Fotos
ISBN 978-3-8313-2203-9

Aufgewachsen in Mannheim
den 50er und 60er Jahren
Nora Noé
64 Seiten, zahlr. Farb- und schw./w-Fotos
ISBN 978-3-8313-3384-4

Aufgewachsen in Mannheim
den 70er und 80er Jahren
Hartmut Ellrich
64 Seiten, zahlr. Farb- und schw./w-Fotos
ISBN 978-3-8313-3385-1

Wartberg-Verlag GmbH
Im Wiesental 1 | 34281 Gudensberg
www.wartberg-verlag.de

Bücher für Deutschlands Städte und Reg
Tel. 0 56 03-93 05 0
Fax 0 56 03-93 05 28